POUR SACHA

Bessuier Monique

Alexandre Arcady
avec la collaboration de Pierre Malvine

POUR SACHA

« Quand on aime, il faut partir »

Fayard

En souvenir de Yardena.
Pour ma mère.

Myriam

1

– Pardonnez-moi... Vous ne seriez pas Simon Weiss ?

Cela faisait un moment qu'il me dévisageait, planté à deux mètres de moi, collé au comptoir presque désert, lorsqu'il se décida enfin à m'aborder. J'étais entré dans ce bar par hasard, et même quand il prononça mon nom, j'eus du mal à le reconnaître. Son visage était de ceux que l'on oublie trop facilement, que le temps modifie exagérément et qu'une paire de lunettes suffit à camoufler. Et puis, vingt-trois ans étaient passés...

– Vous êtes... bien Simon Weiss, n'est-ce pas ?

Convaincu par mon silence, il me tendit la main. C'est alors que j'arrivai à mettre, moi aussi, un nom sur ses traits. La surprise me figea, puis fit place à un sentiment d'irréalité. Après avoir parcouru la moitié du monde, je portais sur mes épaules un décalage de plusieurs heures : assez pour me demander si je n'étais pas en train de rêver. David... Oui, c'était bien lui ! David avait toujours le même sourire : réservé, un peu rêveur, mais chaleureux.

– Malka, annonça-t-il d'une voix douce, en me serrant vigoureusement la main. Vous vous souvenez de moi ? David Malka, le frère de...

Il s'interrompit, brusquement gêné, et reprit :

– Je suis si content de vous rencontrer, monsieur Weiss...

– Moi aussi, murmurai-je.

C'était sincère. Je savais que la nostalgie viendrait plus tard, le soir, chez moi, douce-amère et teintée de regrets. Pour l'instant, j'avais David Malka en face de moi, ses cheveux blancs pour me rappeler comme nous avions vieilli, son regard myope derrière des verres à double foyer et son hésitation. La mienne était plus flagrante, j'ignorais visiblement quelle attitude adopter. Par réflexe, j'optai pour la courtoisie distante, le seul moyen à mon sens de garder encore un peu certaines portes fermées.

– Vous habitez dans le quartier ? demandai-je.

– Non... enfin, pas vraiment. Je suis venu rendre visite à ma mère... Elle est...

Il sourit d'un air de connivence et ajouta :

– Vous l'avez connue... Toujours la même, toujours dans ses souvenirs. J'ai fini par la convaincre de déménager. Elle habite l'immeuble d'en face... Vous voyez, là... Il suffit de traverser la rue.

Avec une exubérance touchante, il tendit le bras vers la vitre du café comme s'il désignait un lieu sacré. Malka était un avocat de renom, qui traitait de grosses affaires, mais sa mère avait toujours eu une place de première importance dans son cœur. Surtout après le drame... Je me demandai s'il avait fini par se marier. N'osant poser la question, je regardai sa main. Il ne portait pas d'alliance.

– C'est étonnant, poursuivit-il, sincèrement ému. Je veux dire, de se retrouver après tant d'années.

– Surprenant, oui !

D'autant plus que je n'avais jamais mis les pieds dans ce bar auparavant. Une autre coïncidence était troublante : nous étions en décembre. En quelque sorte, une date anniversaire... Un triste anniversaire.

Par politesse, je l'interrogeai sur ses affaires. Il répondit brièvement puis enchaîna :

– Et vous-même ? Si ma mémoire est bonne, vous tentiez de faire carrière sur les planches. Pardonnez-moi ma question, mais je vais si peu au théâtre... Vous êtes toujours acteur ?

Sa naïveté me fit sourire. Je secouai la tête :

– Non... Ça ne marchait pas très fort. J'ai abandonné.

– Abandonné ? (Il paraissait stupéfait) Vous ? Je ne l'aurais pas cru... Et vous faites quoi, maintenant ?

En quelques mots, je lui résumai mes nouvelles activités. Journaliste. Spécialisé dans les situations de crise, les conflits, les guerres, autrement dit grand reporter ; un de ces types qui avait au moins une fois dans sa vie employé l'expression : « la poudrière sur laquelle nous vivons... ». Je travaillais pour divers journaux et magazines et, comme beaucoup de confrères, j'utilisais souvent les initiales de mon nom pour signer mes articles. Malka s'exclama :

– Attendez... Mais bien sûr, j'aurais dû m'en douter ! Vous avez couvert les événements de Roumanie l'année dernière, n'est-ce pas ? Dans *Le Point* ou dans *L'Express*, toute une série d'articles...

J'acquiesçai de nouveau, inquiet de ses réactions et décidé à saisir la moindre chance pour changer de sujet. Un rendez-vous m'attendait. J'étais pressé. Et David Malka, si je m'en souvenais bien, était capable de vous entraîner dans une joute verbale de plusieurs heures, à propos de rien.

– Simon Weiss..., murmura-t-il. « Le rire des poètes... »

Son regard m'avait quitté pour se fixer sur le miroir, derrière un barman consciencieux et mort d'ennui qui faisait semblant de ne rien écouter. Je crus d'abord qu'il allait commander quelque chose.

Après tout, j'étais le seul de nous deux à boire... En fait, il regardait vers la salle, du côté de la terrasse, où était attablée une vieille dame, occupée à regarder la pluie. Crachin d'hiver. Il faisait pourtant beau lorsque j'étais entré. La vieille dame se retourna. Malka lui fit un petit geste, auquel elle répondit. C'est alors que je compris... Je remarquai seulement qu'elle portait une robe bleue, elle que j'avais toujours vue en noir et en gris. Et qu'elle mangeait une glace. Fraise-vanille. Ce détail me fit presque monter les larmes aux yeux!

– Vous avez bien quelques minutes devant vous? dit Malka en me prenant soudain par le coude. Venez... on va faire une surprise à ma mère.

Fataliste, je sus que le destin avait choisi ce jour de décembre pour faire resurgir mon passé. En fait de surprise, la mère de David paraissait nous attendre, petite cuiller restée en l'air, plus charmée qu'étonnée. Ses grands yeux gris, son visage anguleux, aujourd'hui embelli d'une multitude de plis, son nez aquilin, le même que David, et cette façon de sourire, le front plissé, les yeux comme étonnés... Mme Malka était semblable à mon souvenir. Elle avait à peine vieilli. Et qui d'autre qu'elle aurait songé à manger une glace par une journée si froide? Je tendis machinalement la main. Mais Simone Malka se leva et, ses yeux émerveillés rivés aux miens, elle me caressa la joue... Elle m'avait immédiatement reconnu.

Un quart d'heure plus tard, je sentais encore la caresse de ses doigts sur ma joue. Mon rendez-vous attendrait. Telle était ma décision. Et tant pis si elle me le devait pas...

David et sa mère me proposèrent de prendre le thé « à la maison », un rituel auquel ils sacrifiaient régulièrement, même si parfois ils se retrouvaient dans ce café pour manger une glace. Mme Malka avait ses petits côtés excentriques.

Sans me l'avouer vraiment, j'étais curieux de les entendre me parler du passé, d'avoir leur vision, d'entrouvrir cette porte qui, de toute façon, ne pourrait plus se refermer sans regret. Elle, d'un pas traînant, lui à grandes enjambées, ils me précédèrent pour traverser la rue. L'immeuble était bourgeois, l'escalier spacieux et bien entretenu. A l'époque, Simone Malka occupait le deuxième étage d'un bâtiment plus modeste, sombre, au fond d'une cour.

Dans l'ascenseur, j'eus tout loisir de nous observer dans le miroir. David était de la même taille que moi mais son activité, quasi sédentaire malgré l'action qu'elle semblait impliquer, avait joué sur son physique et il se tenait voûté, le ventre en avant. Son costume de coton gris clair, taillé sur mesure, détonnait avec l'apparence désinvolte de mon blouson de cuir et de mon jean. Son visage exprimait un sérieux rébarbatif, à l'opposé du mien, serein, légèrement hâlé, ombré d'une barbe de deux jours – ou d'une journée et demie, si l'on tenait compte du décalage horaire... Pour accentuer nos différences, ses yeux étaient noirs, comme les miens étaient bleus et mes cheveux roux. Le *séfarade* et l'*ashkénaze*... Ce n'était pas dans le miroir que nous allions trouver nos racines communes ! Simone Malka se tenait serrée entre son fils et moi. Très petite de taille, elle pétillait sous son éternel voile d'inquiétude. Un peu de glace à la fraise brillait à la lisière de son rouge à lèvres, mais personne n'osait le lui dire. Ce fut elle qui rompit le silence lorsque l'ascenseur arriva à l'étage. Depuis quelques minutes, elle brûlait de prononcer *son* nom...

– Cela me fait du bien, dit-elle d'une voix qui n'osait pas. En vous revoyant, j'ai l'impression de retrouver Myriam...

Elle sourit. Mon cœur se serra. Voilà. Myriam était réapparue, furtive et discrète comme elle l'avait toujours été. Pendant un bref instant, j'eus l'impression qu'elle m'attendait, elle aussi, et que le temps, comme dans les rêves, avait effacé sa disparition. Puis la porte s'ouvrit et David s'échappa, un trousseau de clés à la main, après avoir jeté un regard infiniment tendre mais chargé de reproches à sa mère.

C'était le même appartement. Les mêmes meubles, bibelots, reproductions de maîtres. Le même papier à fleurs. Les étagères, face à la porte d'entrée, étaient disposées de la même manière et, dans un éclair de mémoire, j'eus le réflexe de chercher des yeux un livre offert à Myriam vingt-trois ans plus tôt. La seule différence résidait dans la vue, depuis la fenêtre, qui n'ouvrait plus sur une cour, mais cette fois sur la rue. Relogée, Simone Malka avait accompli le tour de force de transporter, intact, son foyer d'avant.

– Asseyez-vous, dit-elle en s'agitant. Tenez, prenez cette chaise. Et ne faites surtout pas attention au désordre. Vous savez, quand on vit seule...

Elle devait appeler « désordre » les deux ou trois revues ouvertes sur la table, à côté d'un tricot en cours, qu'elle avait sans doute entrepris pour son fils. David prit place en face de moi, tandis que Simone alla s'affairer à la cuisine. Elle revint quelques minutes plus tard, avec, sur un plateau, trois verres fumants et une théière. Un parfum de menthe chaude embauma aussitôt la pièce.

– Tiens, il s'est arrêté de pleuvoir, dit-elle après un rapide coup d'œil à la rue. Des giboulées en décembre !...

Elle secoua la tête.

Depuis qu'elle avait parlé de Myriam, David et moi étions gênés. Mes yeux cherchaient sans cesse la fenêtre, avec l'impression étrange d'avoir été transporté dans un autre monde, une sorte d'univers magique où une rue pleine de vie remplacerait soudain l'architecture sinistre d'une cour. Pendant ce temps, Mme Malka poursuivait sur sa lancée. L'été avait été sec. Le printemps n'existait plus. Le déséquilibre des saisons suivait les chamboulements du monde...

– Maman, Simon t'a dit qu'il était journaliste ?

– Reporter, précisai-je.

Simone Malka s'immobilisa, la tête penchée de côté, ses yeux cherchant déjà ce que je cachais.

– Ah, bon ? Vous ne faites plus de théâtre ?

– Non. Oh, j'ai arrêté il y a longtemps !...

Je savais qu'elle avait toujours eu des idées très tranchées sur la manière de sa bâtir une carrière. Pour elle, le monde du travail se composait principalement d'avocats et de médecins. On devenait acteur pour rester enfant. A la rigueur, elle comprenait que l'on pût s'occuper de la gestion d'une troupe. Et si elle-même avait eu quelques dons d'artiste, elle s'estimait en droit de les exploiter uniquement parce que sa pension de veuve et les largesses de son fils la mettaient à l'abri du besoin. J'ignorais cependant où son système de valeurs situait les journalistes...

– Reporter, murmura-t-elle, très sérieuse... C'est mieux qu'artiste de cinéma. Et puis, vous avez toujours préféré le rôle du témoin !

Sa remarque me prit de court, et je la ressentis presque comme une insulte. Longtemps, sa phrase allait me hanter, mais, sur l'instant, je ne lui reconnaissais aucun droit de juger, sur des souvenirs, l'homme adulte que j'étais devenu. Et puis, de nouveau, j'eus l'impression de sentir sa main sur ma joue. Simone Malka n'avait pas envie de s'arrêter sur mon cas. Elle enchaîna avec fierté sur la carrière de son fils. Plus modeste, il prit le relais.

J'appris ainsi qu'il avait, pendant un temps, été expert en droit international auprès de la délégation française à l'ONU. Puis qu'il avait donné sa démission lorsque, en 1986, la France avait opposé son veto à une proposition américaine visant à supprimer une des motions antisionistes de l'époque Kurt Waldheim. Je me souvenais de l'affaire et comprenais qu'elle ait pu hérisser David. Selon l'actuel président de l'Autriche, « le sionisme devait être considéré comme une forme de racisme » – formule entérinée en pleine crise pétrolière... Une fois de plus, cependant, je craignis de m'avancer sur le chemin glissant d'une discussion politique. Mais l'occasion était trop belle pour David.

– Si je me souviens bien, dit-il, la dernière fois que l'on s'est vu, c'était avant votre départ en Israël...

Image furtive d'une gare. Michel et Paul. Nos trois valises, énormes, surtout celle de Michel. Seule ma mère était venue me dire au revoir. Quant à David Malka, parce qu'il avait été si proche de Myriam et n'avait rien pu faire pour la sauver, j'étais décidé à ne plus jamais le revoir. Maintenant, je me sentais stupide de lui avoir fait porter cette part de responsabilité.

Ce n'était qu'un grand frère. Les grands frères sont toujours désarmés.

J'ajoutai en souriant :

– On allait au kibboutz Yardena... Les autres, vous les avez revus ?

Il secoua la tête.

– Paul, jamais. Michel, une fois, il y a longtemps, tout à fait par hasard... Un peu comme vous aujourd'hui. Il a monté une affaire d'import-export assez fructueuse...

– Il a repris l'affaire de son père, rectifiai-je.

– C'est possible. Il était pressé. Nous n'avons pas beaucoup parlé...

Il s'interrompit, revint à son idée première.

– Et vous êtes resté longtemps ?... En Israël ?

– Oui et non... J'étais parti pour une semaine... J'y ai passé un mois !

– Juste au mauvais moment, grimaça David.

Nouvelles images. Celle du lac de Tibériade, nappé de brume de chaleur par un matin de mai. Le premier matin. Chacun de nous était parti en quête de réponses et de maturité. Paul, l'idéaliste. Michel, le terre à terre. Et moi... Le témoin, comme l'avait dit Simone Malka. Mais un témoin douloureusement concerné ! Notre univers avait éclaté quelques mois plus tôt. Par une mort, puis le départ de Sacha et de Laura. En les rejoignant nous emportions sans le savoir le ferment d'une rupture.

J'avalai quelques gouttes de thé. Dehors, la pluie avait repris. Des trombes d'eau succédaient au crachin. C'était bon de voir, par cette fenêtre, des gens courir dans la rue.

Israël...

David avait compris que je refusais de m'étendre sur le sujet. J'étais parti et revenu. Depuis, je n'y étais jamais retourné.... Mais David était un impatient. Deux sujets tabous au cours de retrouvailles, c'était plus qu'il n'en pouvait supporter...

Il regarda sa montre.

– Moi aussi, annonçai-je. Il faut que je m'en aille !

Par politesse, je bus encore un peu de thé. Simone Malka fit de même. Puis elle regarda son fils.

Ils se parlèrent avec les yeux, longuement, comme s'ils étaient toujours convenus que ce moment finirait par arriver. Je crus voir un signe d'acquiescement sur le visage de David. Et seulement alors, la vieille dame se leva. Frêle, mais solide sur ses jambes. Comment une mère pouvait-elle porter une douleur si forte et être capable, vingt-trois ans plus tard, d'offrir en souriant quelques verres de thé ? Elle s'excusa en se dirigeant vers le couloir.

– Vous savez, dans l'autre appartement j'avais plusieurs chambres. Ici, je n'ai même pas pu aménager une pièce pour Myriam...

Elle disparut. Intrigué, j'observai David. Il paraissait désolé. Et puis, pris d'un brusque besoin de confidences...

– Moi aussi, soupira-t-il, je suis allé en Israël. A la même période. Ma mère m'avait chargé d'une mission, mais je suis arrivé trop tard... Je sais ce qu'elle va vous remettre !

Mme Malka revint, le pas toujours traînant. Elle tenait une lettre à la main. La poussière et le temps avaient jauni l'enveloppe.

– Nous l'avons retrouvée peu de temps après..., murmura David.

Incrédule, j'étais partagé entre l'espoir et le souhait dérisoire de me tromper.

– C'est pour vous ! insista Simone. Personne ne l'a jamais ouverte.

Je saisis la lettre ne me levant. Vingt-trois ans plus tard, j'étais encore capable de reconnaître l'écriture de Myriam. Je n'avais cessé de croire qu'une telle lettre devait exister. Myriam ne serait pas partie sans un dernier appel. Elle avait voulu sa mort comme un cri. Et si personne n'avait pu l'entendre et la comprendre, son acte serait à jamais resté gratuit.

L'émotion créa d'abord son illusion. Je crus lire mon nom, me fiant à la première initiale.

Puis, sur l'enveloppe, la ligne nerveuse prit un sens...

« POUR SACHA »

Lorsque j'arrivai chez moi, il faisait déjà nuit. En mon absence, le répondeur avait enregistré une dizaine de messages. Il flottait partout une odeur de propre, témoin du passage de la femme de ménage. Les rideaux étaient tirés. Je m'empressai de les ouvrir.

Le deux-pièces que j'occupais rue du Dragon, presque à l'angle du boulevard Saint-Germain, était une miniature d'appartement. Fonctionnel, bas de plafond, plutôt sombre même quand le soleil daignait briller. Son emplacement était son principal sinon son seul avantage, mais, entre deux voyages, il me convenait parfaitement. Un ordinateur à traitement de texte, des étagères, un meuble d'archives, un photocopieur et un télécopieur composaient l'essentiel de mon bureau-salon, face à un divan et à une table basse, sur laquelle s'entassaient des magazines et des journaux classés suivant la date. Ce n'était qu'un lieu de passage, mais c'était chez moi. Un univers à mon image. Ordonné, organisé, précis.

En entrant j'eus pourtant, et pour la première fois, une impression désagréable ; il n'y avait là rien, pas un meuble, pas un objet auquel, au fil des ans, je sois parvenu à m'attacher !

Sans prendre le temps d'écouter mes messages, je me rendis dans la chambre. A gauche, une bibliothèque occupait tout un pan de mur. Du côté opposé, une fenêtre minuscule ouvrait sur la corniche d'un toit voisin et, au-delà, sur la rue étroite dont, les volets fermés, j'entendais encore le bruit. Je m'assis sur le bord du lit. Puis posai la lettre en évidence, contre la lampe de chevet. La lettre de Myriam !... Je n'arrivais pas à y croire tout à fait...

Lorsque Simone me l'avait remise – David mal à l'aise et songeur à ses côtés – ma première réaction avait été de refuser, de la rendre, de partir. Il y avait trop longtemps, cette mort m'avait trop souvent hanté. Mais on ne refuse pas l'offrande d'une vieille dame dont on a partagé la peine. Que faire, sinon la remercier ?

Le lendemain je devais rendre un article, dernier volet d'une enquête qui m'avait tenu un mois au Pakistan, en pleine fièvre préélectorale – un moment capital dans l'histoire d'un pays déchiré par l'intégrisme –, mais, pour l'instant, j'aurais été aussi incapable d'écrire deux lignes que de me trouver une excuse après mon rendez-vous manqué.

Je repris la lettre et la fis tourner dans mes doigts...

Il est difficile d'expliquer ce que je ressentais précisément. Certaines anciennes blessures peuvent se rouvrir avec une facilité déconcertante. Ce n'est plus la même douleur, mais le souvenir exact d'une souffrance, teinté de nostalgie; au soulagement d'avoir traversé l'épreuve se greffe la crainte de devoir revivre de tels moments. Dans le cas de Myriam, j'éprouvais en plus le besoin de comprendre. Elle avait laissé, en chacun de nous, un manque, mais surtout, une culpabilité; la pensée amère que nous étions passés à côté de quelque chose d'essentiel, l'idée que chacun, s'il s'en était donné la peine, aurait pu la sauver... Moi, plus que n'importe qui. J'avais eu l'avantage d'être amoureux d'elle. De l'aimer sincèrement, sans calcul, comme on aime à dix-huit ans. Et pourtant, elle m'avait échappé, comme elle avait échappé aux autres!

Au bout d'un moment, je me levai. Peut-être la lettre contenait-elle l'explication, la réponse aux questions que je m'étais si souvent posées? Mais était-ce le fait qu'elle fût adressée à Sacha – particulièrement à *lui*? L'enveloppe resta posée contre la lampe. Je n'étais pas encore prêt!

Plus tard, dans le salon, un verre de vodka à portée de la main, décidé à oublier David, sa mère et la lettre, du moins jusqu'au lendemain, j'essayai de me concentrer sur mes notes, soucieux d'attaquer mon article aussi vite que possible, lorsque le téléphone sonna.

– Simon, tu sais combien de temps je t'ai attendu ?

Hélène était furieuse. Mais plus surprise encore.

– Je suis désolé, l'interrompis-je. J'allais justement t'appeler !

– Désolé ? Tu te fous de moi ? On ne se voit pas pendant cinq semaines. Tu rentres, sans me demander de venir te chercher, et au premier rendez-vous...

A notre premier rendez-vous, après plus d'un mois d'absence, Hélène m'avait attendu une heure sous la pluie, à la sortie du bureau. Ce manque de ponctualité me ressemblait si peu qu'elle m'avait cru malade ou victime d'un accident. Paradoxalement, elle en était d'autant plus irritée, maintenant qu'elle entendait ma voix.

– Écoute, je t'ai dit que j'étais désolé. J'ai eu une journée... un peu compliquée.

– Compliquée ?

Tout en cherchant une excuse plausible, je sus qu'aucune ne satisfairait Hélène, à moins de lui dire la vérité. C'était un accord tacite entre nous : on ne se mentait jamais. Par une étrange pudeur, pourtant, je me refusais à lui parler de Myriam...

Hélène était entrée dans ma vie quelques mois plus tôt. J'entretenais avec elle une liaison sans promesses, qui – je le croyais – nous convenait pleinement car nous n'avions aucun compte à nous rendre. Il nous arrivait de passer quelques nuits ensemble quand je séjournais à Paris mais nos sentiments se limitaient à une complicité apaisante faite de tendresse et de désir. Un peu honteux de l'avoir fait attendre, et plus encore de lui avoir causé de l'inquiétude, je me retranchai derrière une vague promesse :

– Je t'expliquerai la prochaine fois...

– La prochaine fois, mais quand ? Tu repars mardi prochain...

Elle marqua un silence, puis :

– Simon, tu es sûr d'aller bien ?
– Parfaitement. Ne te fais pas de soucis.
– Tu veux que je vienne te voir ?

Le plus agréable avec Hélène, dans ces cas-là, c'est qu'elle n'attendait pas de réponse. Elle insistait rarement.

– Très bien, conclut-elle. Tu m'appelles demain ?
– Promis. On déjeunera ensemble...

Je raccrochai en même temps qu'elle. Hélène allait peut-être passer une mauvaise nuit, mais son instinct à mon égard était sûr. Elle n'aurait pas abandonné aussi facilement si elle avait flairé une rivale. Quant à ma façon de vivre, elle entrait pour une bonne part dans ce qui l'avait séduite chez moi, Hélène n'avait que vingt-cinq ans. Elle aimait le mystère. Et les hommes sans racines...

De nouveau, je tentai de me concentrer sur mes notes. La tâche me parut impossible. Trop de choses tournaient dans ma tête et cette interruption n'avait fait qu'aggraver mon trouble. Toutes les dix secondes, je repensais à la lettre, revoyais David, entendais la voix fluette et le solide accent de sa mère. Convaincu que rien de bon ne sortirait de mon travail, j'abandonnai en me promettant de m'y remettre dès l'aube... Il me fallait d'abord me retrouver !

Dans le placard de la chambre se trouvait un vieux dossier, plein de photos et de documents de l'époque, que je n'avais pas regardés depuis au moins dix ans. Un plastique les protégeait de la poussière. J'allumai une cigarette et emportai le dossier sur le lit. Lorsque je l'ouvris, une photo glissa sur mes genoux...

Je m'attendais à découvrir Myriam. Myriam dont j'avais presque oublié le visage. Mais, quand je retournai la photo, Sacha et Laura me souriaient.

Laura était encore plus belle que dans mon souvenir. Le teint hâlé, les cheveux noués en tresse, vêtue d'un treillis poussiéreux un peu trop grand pour elle, les yeux brillant d'une joie intense, elle semblait s'amuser de l'arme qu'elle portait en bandoulière. Sacha l'enlaçait. Derrière eux, scintillant de mille reflets sous un soleil de plomb, le lac de Tibériade. Une annotation au crayon indiquait le lieu et la date : « Kibboutz Yardena, 23 mai 1967. » Trois jours après mon arrivée...

Ma main tremblait un peu lorsque je reposai le cliché. Les autres photos étaient classées dans l'ordre, de la plus ancienne à la plus récente. Toutes prises en Israël. Sur la suivante, Michel et Paul faisaient les pitres, assis sur un tracteur, au milieu d'un troupeau de moutons. Paul, solide, carré, les cheveux blonds coupés court. Michel rieur, les yeux mi-clos, son énorme étoile de David ballottant au bout d'une chaîne sur sa chemise à carreaux... Ensuite, il y avait les gens du kibboutz. Mes amis d'une saison ou plutôt d'un voyage, figés dans leur activité quotidienne, parfois en groupes, souvent armés, sur fond de champs de pamplemousses et de coton, ou encore au pied du Golan, que certains ne pouvaient s'empêcher de fixer d'un regard inquiet. La série suivante représentait des paysages. Images magnifiques de rivières, de cascades, et de terres arides au passé cinq fois millénaire, dont on devinait la lourde sérénité. Je retrouvai aussi quelques photos de moi. A Yardena, en compagnie de Paul, avec Laura. Toujours très floues. Prises par Michel. Le pauvre n'avait jamais su se servir d'un objectif... Le dernier document représentait de nouveau Sacha et Laura, la veille de leur séparation, lui dans son uniforme de soldat. Tentant de sourire sans y parvenir tout à fait...

En revoyant Israël, j'étais envahi par une sensation étrange. Une sorte d'euphorie triste, comme un regret inexplicable. J'étais parti à la recherche d'une jeune fille morte, d'une fatalité ancienne dont je tentais de retrouver le mystère, mais en fouillant dans mes souvenirs, c'était la vie qui rejaillissait. La vie et l'amitié. L'espoir. Deux décennies plus tard, je refaisais le même chemin, mais ma vision était claire, lavée de toute aigreur. Et soudain j'avais l'impression d'être passé à côté d'instants uniques sans les comprendre, ni même avoir cherché à en goûter la saveur...

Enfin, je découvris ce que je cherchais : le portrait de Myriam, protégé par une chemise.

Je me croyais guéri. J'avais seulement oublié. Ma peine resurgit, aussi intense que si rien d'autre n'avait jamais existé.

2

C'était en novembre 1965. Une vague de froid s'était abattue sur Paris. Au petit matin, le verglas transformait les rues en de vraies patinoires et, sur le chemin du lycée, il n'était pas rare d'assister à des accidents cocasses dont certains auraient pu être tragiques, mais que nous commentions plus tard en riant, abrités dans le préau à peine chauffé.

Paul, Michel et moi formions déjà un groupe inséparable. Depuis la sixième, nous nous retrouvions chaque année dans la même classe. Bien que différents, physiquement et par nos origines, nous étions soudés par des passions communes – dont un amour immodéré pour la poésie et le théâtre – qui, parfois, nous donnaient l'impression d'appartenir à un clan... Paul était blond, avec des faux airs de James Dean, et de confession catholique. Michel venait d'Afrique du Nord. Fils unique d'une famille qui, elle, n'avait pas « tout perdu », mais, au contraire, réussissait dans les affaires, il parlait avec un léger accent et, généreux, nous servait de trésorier. Juif comme lui, j'étais pour ma part originaire d'Europe de l'Est, un peu hongrois par mon père, polonais par ma mère. Pour l'extérieur, nous avions l'air d'un trio des plus curieux : un ashkénaze, un séfarade et un goy. Mais notre amitié, avec le temps, avait mélangé nos cultures...

En 1965, le lycée était un endroit sinistre. Les professeurs croyaient encore à la rigueur et prêchaient la discipline comme seul remède à tous les maux adolescents. Cette année-là, nous préparions le bac. Les cheveux longs étaient interdits, la mixité des établissements secondaires à l'état expérimental, une cigarette, motif d'expulsion temporaire et le port du jean, suspect. Le portail à peine passé, il fallait lutter de toutes ses forces contre l'ennui pour ne pas sombrer dans la morosité. Quant aux matières enseignées, elles appartenaient à la vieille école, et la « philo », à laquelle nous portions un intérêt particulier, se cantonnait à Alain, maître à penser officiel de toute une génération qui confondait éthique et ennui...

Un incident, dû au froid et plus précisément au verglas, allait bientôt changer notre vie...

Notre professeur de philosophie s'appelait M. Armand. C'était presque un vieillard; il n'attendait plus que la retraite et traversait sa dernière année d'exercice avec autant de somnolence qu'il y avait de lourdeur dans ses textes. Souffrant de claudication, il avait hérité du surnom de « Ferry », car le Ferry *boate*... Et, comme il ne possédait pas de voiture, son handicap s'accommodait mal d'un hiver aussi précoce... Un matin, le proviseur nous annonça que M. Armand ne pourrait plus assumer sa tâche. Il avait glissé sur un trottoir et s'était cassé le col du fémur. Dans l'ensemble, la nouvelle ne provoqua aucune émotion. Après tout, Ferry ou un autre... Le lendemain, on nous présenta son remplaçant!...

Dès le premier instant, il nous parut évident que Sacha Rosen n'était pas un professeur ordinaire. Par son allure, d'abord : le regard grave, l'air énergique, un perpétuel sourire énigmatique au coin des lèvres, vêtu d'une grosse veste de laine sur une chemise à col ouvert, il paraissait à peine plus vieux que le plus âgé d'entre nous. Sa voix, très basse et chaleureuse, nous séduisit immédiatement. Il commença par nous demander si nous avions lu Sartre. Ou Reich. Si nous avions entendu parler de la *contre-culture*? Ce que nous en pensions... Avant la fin du cours, nous le tutoyions tous – ce qui était impensable en 1965 – et il se souvenait de la plupart de nos prénoms.

Michel se pencha alors vers moi pour demander :

– Rosen, c'est pas un nom juif, ça?

Il avait parlé si fort que toute la classe l'entendit.

– Exact! Intervint Sacha d'un ton plein d'humour. Si cela présente une différence pour certains, qu'ils lèvent la main. Quant aux autres, le cours est fini... Vous pouvez rentrer chez vous...

Évidemment, personne ne prit le risque!

Par la suite, Sacha allait prouver qu'il vivait en marge du monde académique, dont il méprisait la mentalité figée et l'autoritarisme. Attitude qui, l'on s'en doute, devait forcer notre admiration... En douceur, il s'intégra à la classe, puis à notre groupe, sans doute flatté de l'attirance manifeste qu'il exerçait sur nous. Comme un grand frère, un guide, il allait devenir notre intermédiaire avec l'univers des adultes. Ses certitudes étaient réconfortantes. Et ses conseils nous furent bientôt aussi précieux que ses leçons.

Il faut se souvenir que 1965 marquait la fin du premier septennat gaulliste. La contestation n'était pas encore entrée dans les mœurs mais, en chacun de nous, couvait déjà une rébellion. Dans le cas de Paul, de Michel et de moi, elle se manifestait sagement : par la poésie. Les cours achevés, nous avions l'habitude de nous retrouver chez Michel, dans un vieil atelier que nous prêtait son père, pour déclamer à la lueur d'une unique ampoule qui pendait du plafond.

L'hiver, il faisait si froid que nous étions obligés de nous protéger sous des couvertures, mais, nos livres ouverts sur les genoux, on goûtait là des instants privilégiés, certains que la vie se résumait à des vers et, à l'instar des kabbalistes, qu'un mécanisme universel était occulté par les mots. Lequel de nous était le plus mauvais ? Je ne me souviens plus exactement. Michel s'accommodait de Baudelaire, je massacrais Cendrars et Paul égrenait Rimbaud, à cheval sur des coupons de tissu. Chaque séance s'achevait par des fous rires mémorables. Cette hilarité allait, par la suite, nous inspirer le thème de notre premier spectacle... Le premier et le seul. Les « Déserteurs » étaient alors en gestation.

J'aime penser que l'idée de fonder « Les Déserteurs » était venue de moi – après tout, j'étais le seul à ambitionner sérieusement une carrière de comédien – mais, en me replongeant dans l'époque, je crois qu'elle nous avait plus certainement été inspirée par Sacha...

Sacha Rosen avait sa manière. Il n'intervenait jamais directement. Mais il savait nous rendre attentifs...

Par petits groupes, nous nous étions rendus en Belgique, pour assister à la projection des *Sentiers de la gloire* de Kubrick (interdit par de Gaulle parce qu'il portait atteinte à l'honneur de l'armée française). A notre retour, Sacha nous demanda de commenter le film. Le thème du cours était « émotion et injustice ». Il enchaîna par la chanson de Vian, *Le Déserteur*, qu'il récita d'une voix vibrante, et dont il connaissait le texte par cœur...

– Déserter, conclut-il, quand la cause n'est pas noble, c'est faire preuve de courage !

Ce fut le déclic. Au-delà de la désertion, Vian

exprimait le douloureux passage de l'adolescence à l'âge adulte. L'incompréhension face à la violence. Le refus des contraintes. L'amour de la vie... En quelques vers, Sacha venait d'exprimer notre rébellion. Sa voix avait concrétisé toutes nos aspirations. Par la poésie, nous serions désormais : « Les Déserteurs »...

L'envie de monter le spectacle nous vint peu après. Paul résuma nos pensées en affirmant que le lyrisme n'était pas un plaisir solitaire. Il nous manquait un thème. Je suggérai « Séjour poétique : De Prévert à Cendrars ».

En souvenir de nos pitreries, et par goût de la provocation, cela devint : « Le Rire des poètes »...

Le programme était ambitieux, il s'ajoutait à l'impératif de préparer notre bac, mais les répétitions, dans le vieil atelier – que nous avions pompeusement baptisé : THÉÂTRE – passèrent très vite au premier plan de nos préoccupations.

Le « spectacle » devait ouvrir sur le poème de Blaise Cendrars. « *Quand tu aimes il faut partir... Quitte ta femme, quitte ton enfant...* » Des vers dont nous ignorions le sens prémonitoire, et qui sonnaient étrangement, presque vides d'émotion, dans l'atelier désert. Sacha, invité comme conseiller, nous en fit le reproche :

– Vous n'êtes pas mauvais mais, excusez-moi, votre truc sent un peu la récitation...

Malgré le mal que l'on se donnait, il fut rapidement établi que notre poésie manquait de vibration. On travaillait chaque soir, parfois jusqu'à minuit, mais quand arriva décembre, nous n'avions toujours pas trouvé le ton... Découragés, nous étions prêts d'abandonner quand Paul, enfin, découvrit la faille.

Laura entra dans notre vie peu de temps après.

Laura Feldman avait, comme nous, dix-huit ans. Élève au Conservatoire, elle était également voisine de Michel, qui passait son temps à nous vanter sa beauté et son talent. Secrètement amoureux d'elle, il n'avait jamais osé l'aborder, mais cherchait désespérément un prétexte, une occasion de lui parler, lorsque Paul, à l'issue d'une répétition pitoyable, émit sa suggestion. Selon lui, nos voix étaient trop dissemblables, ensemble elles manquaient d'harmonie...

– Et si on se faisait accompagner par un instrument ? Un violon, par exemple. C'est joli, un violon, c'est poétique...

Michel bondit sur sa chaise et s'exclama :

– Laura !

– Quoi, Laura ?

– Mais oui ! Laura... C'est pas possible, vous ne m'écoutez jamais ! Je vous l'ai dit au moins cent fois. Elle est au Conservatoire... C'est une violoniste !

Dès le lendemain, sans la connaître, mais déjà convaincus qu'elle représentait *la* solution, nous attendions tous les trois Laura Feldman à la sortie de son cours. Michel, intimidé, se tenait un peu en retrait. Elle apparut bientôt, son violon sous le bras. Il n'avait pas menti : Laura était très belle. Presque trop belle...

Sagement vêtue d'une jupe plissée, les cheveux tirés par des nattes, on aurait dit une collégienne. Une peau de pêche, des traits d'une incroyable finesse, des yeux vert pâle, presque dorés. Elle nous laissa parler, les lèvres plissées d'une moue mi-rieuse mi-boudeuse, jouant avec ses tresses, son regard amusé fixé sur nous.

– Vous voulez que je joue dans un spectacle ?

– Michel nous a dit que vous étiez la meilleure !

– Et votre troupe s'appelle comment ?

– Les « Déserteurs »...

Elle éclata de rire. Puis elle fit non de la tête. Et, sans un mot, elle s'éloigna...

Dès cet instant, obtenir le concours de Laura devint une véritable obsession. Pas seulement pour Michel, mais pour Paul, et plus encore pour moi. Par sa beauté et son refus, cette fille était un mystère. Et nous avions besoin de son talent. On commença à l'espionner, à la suivre, à l'attendre. Nous n'osions plus l'approcher, mais des journées entières, elle dut sentir notre présence... Nous n'avions pas de plan. Seulement envie de la connaître. De l'amener à nous comprendre...

Une fois encore, Sacha nous aida.

Ce qui se produisit par la suite, nous aurions dû le pressentir... Laura était trop femme pour s'intéresser à aucun de nous. Mais, comme nous, elle traversait sa fin d'adolescence avec hésitation, d'autant plus vulnérable qu'elle était désirable et avait du talent. Sans même s'en douter, elle recherchait un guide...

La rencontre eut lieu au jardin du Luxembourg. Cachés derrière les statues, on vit arriver Laura, un sandwich à la main, son violon sous le bras. Sacha la suivit dans une allée. Il l'aborda très simplement, et nous montra du doigt :

– Je suis leur prof de philo. Mes élèves montent un spectacle, ils ont besoin d'une violoniste. Vous avez dit non, je pense que vous avez tort. Ce serait dommage, Laura...

Ils se regardèrent en silence et, malgré la distance, je vis le visage de Laura devenir grave. Je compris qu'elle était subjuguée et, malgré moi, j'en éprouvai un pincement de jalousie. Elle fit semblant de mûrir sa décision puis, acquiesçant d'un hochement de tête, nous rejoignit.

Dès lors, les répétitions reprirent. La troupe était au complet. Soutenues par les accents déchirants d'un violon, nos voix avaient gagné une résonance nouvelle, une profondeur, une émotion authentique. Cendrars faisait de nouveau vibrer... Peu à peu, Laura s'intégra aux « Déserteurs ». Très mûre pour son âge, elle était drôle, sensible, d'une incroyable gentillesse. Paul et moi allions très vite nous laisser gagner par son charme. Elle participait à nos jeux. Elle riait à nos blagues. Contrairement à Michel, nous n'étions pas amoureux d'elle, mais sa présence devint un enchantement constant.

Et puis, il y avait Sacha... Pour le plus grand malheur de Michel, Laura et lui s'entendaient à merveille. Sacha venait nous voir fréquemment à l'atelier, et tous deux passaient des heures en discussions passionnées dont, le plus souvent, ils nous tenaient à l'écart. Il devint alors évident qu'une idylle allait naître; cependant, par égard pour Michel, nous n'y fîmes jamais allusion. Entre Sacha et lui, la lutte était trop inégale... Michel souffrirait bien assez tôt.

Réunissant toutes nos économies (surtout celles de Michel), nous avions loué un petit théâtre, dans le neuvième arrondissement. Cent cinquante places. Une acoustique effroyable mais, pour reprendre les termes de Michel, « il n'y avait pas à se plaindre, on avait obtenu un bon prix »... Lorsque le machiniste fit jouer la lumière pour nous montrer les lieux, la salle nous parut aussi vaste que l'Odéon. On allait faire le plein, c'était sûr! « Les Déserteurs » allaient entrer dans l'histoire. Bientôt, il faudrait trouver un théâtre plus grand... Le grand soir était prévu pour le mardi suivant.

La dernière semaine fut employée à placarder nos affiches, tâche d'autant plus ardue que nous étions en pleine campagne électorale. Les portraits de Mitterrand et de De Gaulle fleurissaient sur les murs, recouvrant le matin notre travail du soir. Quelques affichettes restèrent, détrempées par la pluie. Dans nos quartiers surtout, les passants pouvaient lire :

LE RIRE DES POÈTES...
DE PRÉVERT À CENDRARS
avec au violon
La jeune prodige LAURA FELDMAN
Ier prix du Conservatoire.

Enfin, à vingt heures trente ce mardi-là, après six semaines de travail ininterrompu, le rideau se leva. « Les Déserteurs » avaient revêtu leurs plus beaux habits. Pantalons de velours noir. Tricots à col roulé. Sacha s'occupait de régler les lumières. Laura, assise non loin de nous, finissait d'accorder son violon... Elle regarda le public, nous observa, incrédule, puis elle porta la main à sa bouche et éclata de rire.

Dans la salle, il n'y avait que huit personnes!

3

Le réveil sonna à sept heures. Malgré les rideaux grands ouverts, ma chambre était encore plongée dans la pénombre. J'émergeai d'un sommeil agité et sans rêves pour découvrir que je m'étais endormi tout habillé. La pluie battait les vitres, présageant un de ces matins frileux et maussades... Lorsque je me redressai, plusieurs photos glissèrent du lit, s'éparpillèrent sur le tapis. Heureusement, l'obscurité m'empêchait de les voir. Je laissai la lumière éteinte; la lettre de Myriam où je l'avais posée la veille; son portrait retourné sur mon oreiller...

Il était temps de reprendre le cours normal de ma vie.

Quelques minutes plus tard, une tasse de café brûlant à la main, je revenais enfin à mes notes pakistanaises. Impressions. Atmosphères. Odeurs. J'y retrouvai, satisfait, ce soin du détail qui passionnait mes lecteurs et faisait la force de mes articles. Bains de foule en mouvement. Lumières d'un pays où sommeillait la rage, si prêt d'éclater que la violence latente m'y avait paru palpable comme au cœur d'une guerre. Routine et petits gestes. Porteurs d'eau. Marchands. Appels et chants des muezzins...

Je voulais consacrer mon papier au courage d'une femme – Benazir Bhutto – que, malgré mon acharnement et le poids du magazine je n'avais pas eu, en un mois, le droit d'approcher. En fumant ma première cigarette, les mots et les images commencèrent à s'imbriquer. Je pouvais presque revoir Faouzi, un leader d'opposition interrogé à Islamabad. Je me souvenais de son anglais hésitant. Je l'entendais encore me définir, de sa voix rauque, d'antiques concepts, inimaginables pour un Européen, mais pleins de poésie. Tandis que je décortiquais ses phrases, cherchant un préambule, la scène reprit vie, chargée d'effluves orientaux. C'était un homme respectable, sans âge. Le visage caché derrière une barbe épaisse, ses propos étaient ambigus mais étrangement modérés. Deux de ses femmes l'entouraient. Vêtues d'épaisses djellabas noires, visages dissimulés sous des voiles – je sentais leur regard me fixer dès que je tournais les yeux. Cela l'agaçait. D'un signe de tête, il avait exigé qu'elles s'en aillent, avant de me servir le thé, comme à un hôte de marque, apportant lui-même les verres, sur un plateau de cuivre...

Et puis, soudain, le noir!... Pire que le noir, le retour au présent. Dans ma vision, pourtant précise, les mains de Simone Malka s'étaient subrepticement substituées à celles du leader musulman!

J'allumai une seconde cigarette, dans l'espoir vain de retrouver le fil de mon article... Islamabad! Je voulais retourner au Pakistan... Mais, dans un dernier effort pour me concentrer, je dus me rendre à l'évidence : sur le papier, les mots ne trouvaient plus aucun sens!

A la place, obsédants comme une comptine, j'entendais les vers de Cendrars :

Quand tu aimes, il faut partir
Quitte ta femme, quitte ton enfant
Quitte ton ami, quitte ton amie
Quitte ton amante, quitte ton amant
Quand tu aimes, il faut partir...

Huit personnes, quand nous en attendions cent cinquante ! Laura riait tellement qu'elle arrivait à peine à tenir son violon. Je me souviens encore des regards de Paul et de Michel : c'était un désastre, où nous avions englouti toutes nos économies. Il y eut un moment de flottement. Chacun se demandait si cela valait la peine de continuer. Mais, bientôt, joua la magie de la scène ! Laura retrouva son calme et le spectacle commença.

Quand tu aimes, il faut partir...

D'abord hésitantes, puis gagnant de l'assurance, nos voix à l'unisson commencèrent à combler le vide du théâtre. Dans la salle obscure, ils auraient pu être cent, ou mille : le miracle d'une représentation est de permettre que l'on joue pour soi-même, ou pour le plaisir d'un seul, c'est de donner et d'oublier, et je crois bien que nous n'avions jamais été aussi bons. Le spectacle devait durer une heure. Par défi, nous l'avions prolongé de six poèmes. Il n'y aurait pas d'autre représentation : à nos yeux, celle-ci devint unique.

A la fin, il ne restait plus que trois personnes dans la salle ; dont une jeune fille, qui se leva et applaudit.

Pendant le spectacle, ignorant que quelqu'un s'y trouvait, j'avais gardé les yeux fixés vers sa rangée de fauteuils, suivant ainsi les conseils de Sacha, qui nous avait mis en garde contre les vertiges de la scène et recommandé de ne jamais déclamer pour les premiers rangs. Je fus donc surpris de découvrir que malgré moi j'avais joué pour une véritable adepte. Lorsqu'elle s'approcha, timide, je lui souris. Elle fit de même...

Aussitôt je fus frappé par la douceur et la mélancolie de ses yeux sombres. Elle avait de longs cheveux noirs. Un beau visage, aux pommettes légèrement saillantes, encore tendu par l'émotion. Vêtue d'un pull à ras du cou et d'une jupe plissée sous un vieux trench-coat, elle paraissait à peine sortie de l'enfance, si fragile qu'un mot de trop semblait capable de l'emporter.

Elle dit, d'une voix aussi naïve qu'émerveillée :

– C'était très beau. Je vous ai trouvés formidables...

Puis, désignant le théâtre désert :

– ... Ne vous en faites pas ! Ils comprendront un jour...

Nous étions trop subjugués pour la remercier. Moi surtout. Elle se présenta :

– Myriam Malka, je suis venue avec mon frère, il n'a pas pu rester jusqu'au bout...

Puis, d'une main tremblante, elle resserra le col de son trench-coat, comme si, malgré la chaleur dégagée par les projecteurs, elle avait très froid. J'observai ses doigts ; elle se rongeait les ongles. Dans la seconde qui suivit je tombai éperdument amoureux d'elle...

– Alors ? intervint Laura, impatiente. On va la fêter cette défaite ?

Puis, se tournant vers Myriam :

– Ça vous dirait de vous joindre à nous ?

Nous nous sommes retrouvés tous les six dans un restaurant des Halles, Myriam assise entre Laura et Sacha, et nous, les trois garçons, face à elle, empressés et séduits. Elle semblait ravie, quoique silencieuse ; était-elle heureuse, ou simplement contente de ne plus être seule ? Tout ce que nous savions faire, c'était rire. Plaisanter. Rire de notre échec et nous moquer de Michel qui devrait payer l'addition puisque nous étions fauchés. Moi, je n'avais de regards que pour elle, tandis que Michel, comme à son habitude, dévorait Laura des yeux...

Myriam toucha à peine son dîner. Elle avait des gestes graciles, peu assurés. Elle souriait quand les autres s'esclaffaient. Parfois, son regard se posait sur Sacha, ou sur moi, et une ombre voilait son visage, comme si un terrible secret la tourmentait. Interrogée, elle parlait d'elle avec une modestie surprenante, inquiète de focaliser l'attention sur un sujet que, de toute évidence, elle jugeait dénué d'intérêt. Elle avait dix-sept ans. A la suite d'une maladie, qui l'avait clouée au lit pendant plusieurs mois, elle redoublait sa première, mais, de toute façon, l'école ne l'avait jamais beaucoup attirée.

Elle s'anima un peu en évoquant ses proches. Elle vivait avec sa mère, qu'elle adorait, et son frère aîné David, qui remplaçait – tant bien que mal – son père disparu. Ses vacances, elle les passait le plus souvent en Israël où résidait le reste de sa famille et, comme beaucoup de juifs d'Afrique du Nord (à l'exception de Michel), elle se sentait déracinée, sans attache véritable. Sans amis... Myriam n'avait aucun projet, du moins aucun dont elle voulût parler. Aucune passion avouée. Sa personnalité s'exprimait autrement, par un vibrant besoin d'exister, la volonté d'appartenir à quelque chose et, sans se dévoiler, elle s'en remettait simplement à nous...

Je me mis à adorer ce qu'il y avait de mystérieux en elle. A ses côtés, Laura paraissait flamboyante, énergique comme la vie même, mais en Myriam, c'était l'eau calme et profonde qui me fascinait. L'ayant prise à part, je lui demandai si je pourrais la revoir. Elle hésita avant de répondre, puis acquiesça, en précisant :

– J'aimerais bien vous revoir tous ensemble...

Ensemble. C'était le principe même de notre bande. On ne se quittait jamais. Pourtant sa réponse me déçut. J'avais envie d'avoir Myriam pour moi seul. A cet instant naquit l'idée obsédante qu'il me faudrait la séparer des autres...

D'autres impératifs, scolaires cette fois, allaient bientôt changer le cours des choses. Comme je l'ai déjà évoqué, c'était alors notre dernière année de lycée. Paul parlait de faire médecine, Michel s'intéressait déjà aux affaires et je voulais devenir comédien. Mais, auparavant, il y avait le bac : dernière épreuve avant ce que nous croyions être la vie d'adulte... Dès janvier, l'essentiel de notre temps fut donc consacré aux études.

Le bonheur est difficile à raconter, car il est fait d'instants simples, qui se succèdent et se ressemblent, et les mois qui suivirent pourraient se résumer en quelques mots. Le spectacle fut vite oublié. Myriam, elle, ne nous a plus quittés...

La bande se reformait pour les week-ends. *Ensemble*, nous allions au cinéma, à bicyclette sur les bords de la Marne, ou dans un terrain vague, près du bois de Vincennes, pour disputer des matchs de foot entre « hommes », tandis que Laura et Myriam tenaient compagnie à Sacha. Pour mon anniversaire, mon père m'avait offert une caméra. Grâce à la petite Keystone, je commençai à immortaliser nos sorties. A filmer Myriam, surtout. Le film, par la suite, se perdit...

Et puis le printemps arriva. Myriam et moi ne formions pas encore vraiment un couple, pas plus que Sacha et Laura, mais pour tous (sinon peut-être pour Michel) la « bande » n'était plus tout à fait la même : elle se composait de petits groupes et de son côté Paul fréquentait une fille. Trois semaines avant le bac, je déclarai mon amour à Myriam. Le cœur battant à tout rompre, j'attendis une réponse, qui s'exprima sous la forme d'un petit sourire sans joie. Elle posa la tête sur mon épaule, puis, pour la première fois, se laissa embrasser.

C'était une bien maigre victoire, mais ce baiser maladroit m'empêcha de dormir pendant des nuits entières. Il me suffisait désormais de fermer les yeux pour deviner son visage et sentir son souffle sur mes lèvres. Le dimanche suivant, on partit pour une longue randonnée à bicyclette. Je n'eus de cesse de distancer les autres et d'entraîner Myriam avec moi.

En haut d'une côte, à peine essoufflée pourtant, elle s'arrêta :

– Va moins vite, exigea-t-elle. Attendons-les...

Le soleil faisait danser des reflets dans ses cheveux noirs. Sa poitrine se soulevait au rythme saccadé de sa respiration. Vêtue d'un pantalon de toile rouge et d'un sage chemisier en coton blanc, elle s'intégrait magnifiquement au paysage champêtre dont les teintes pastel faisaient ressortir la pâleur de sa peau et la profondeur sombre de son regard. Saisi par l'émotion, je braquai sur elle la caméra qui ne me quittait plus :

– Tu es la plus belle, Myriam ! Je t'aime.

– Ne dis pas ça !

– Mais si, je t'aime, Myriam. Je t'aime... Je t'aime...

Je continuai de la filmer, enchaînant par jeu sur des promesses idiotes, des serments de fidélité, avec l'espoir de la faire sourire. Soudain elle se cacha le visage. Puis, sans un mot, elle enfourcha son vélo et s'éloigna en pédalant de toutes ses forces. J'étais stupéfait, incapable du moindre geste quand, un instant plus tard, Sacha me rejoignit. Il m'observa d'un regard aigu, lourd de reproches. Myriam s'était arrêtée un peu plus loin.

Silencieux à son tour, il partit la consoler.

Abandonné, je me sentis frustré, étranger à sa peine et, bêtement, je fis demi-tour.

Jusqu'alors, nous n'avions connu que l'insouciance, portés par cette utopie qui accompagne l'adolescence. Mais le temps s'écoulait, et la vie nous rattrapait. Seul Sacha en avait conscience...

En juin, comme prévu, j'obtins mon bac de justesse. Paul décrocha une mention et Michel fut recalé, ce qui lui était égal puisque, de toute façon, il allait reprendre les affaires de son père... Une fois de plus, ce fut l'occasion d'une fête. L'été venait de commencer. Sacha nous invita dans un restaurant grec du Quartier latin.

En fond sonore, les rires des tables voisines, un crépitement de braises, des *sirtakis* extraits de la bande musicale de *Zorba*... Le *rêtzina* coulait à flots, Michel buvait un peu trop pour oublier son échec, Paul faisait la tête car il venait de rompre avec son amie, et Myriam s'était assise à côté de moi. Un bras posé autour de son épaule, je me laissai envahir par cette vague de sensations diffuses, confiant dans un avenir que j'imaginais sans nuages et certain de vivre l'un des plus beaux moments de ma vie. Myriam, selon son habitude, ne disait rien. Tous, nous écoutions Sacha.

– ... Cette fois, ça y est, vous l'avez, votre examen! (Il concluait ainsi une longue diatribe, dont le but premier était de nous féliciter.) Et maintenant, qu'allez-vous faire ? Continuer comme avant, ou vous décider à bouger ? Le lycée, la fac, l'armée, rentrer dans les rangs, faire carrière ; ça, c'est le parcours facile ! Mais dans dix ans, vous serez où ? Il vous est arrivé de vous poser ce genre de questions ?

Entouré de ses émules, dominant son auditoire et prônant avec une conviction envoûtante des principes de vie qu'il avait transformés en certitudes, Sacha n'avait cessé d'assurer ce rôle de guide. Professeur, puis ami, confident et conseiller, il avait su conserver à notre égard une attitude fraternelle et sans ambiguïté. Notre réussite au bac – du moins celle de Paul et la mienne – était un peu sa victoire, de la même manière qu'il avait partagé le désastre du « Rire des Poètes »... Pourtant, depuis quelque temps, on le sentait tendu, différent, distant et à la fois plus agressif. Son discours habituel, consacré à la vie en général, concernait désormais la nôtre en particulier. Dans ses meilleurs moments, il nous reprochait notre immobilisme. Lorsqu'il s'emportait, c'était pour nous traiter de « vieux avant l'âge », de « moutons », et faire le procès d'une société qui, disait-il, « allait engloutir et digérer le bon en nous pour ressortir de la merde. » On sentait qu'il traversait une nouvelle phase. Mais nous ignorions encore tout de ses projets.

– Vous allez avoir vingt ans, enchaîna Sacha. A votre âge, vous n'avez aucun idéal. Vous vous laissez vivre. Le monde vous plaît tel qu'il est... Mais, bon sang, regardez autour de vous ! Vous n'avez jamais eu envie de tout bousculer, de ne plus rien accepter, de changer de vie ? De servir à quelque chose, et pas seulement à vous ?

Sacha n'avait jamais été aussi acide mais, curieusement, on buvait ses paroles. Ce que nous n'aurions pas toléré d'un père, ou d'un ami de notre âge, on l'acceptait de lui... En fait, le mal qui l'habitait, nous n'allions pas tarder à le comprendre, c'était une frénésie du départ. Il étouffait à Paris. Il se sentait inutile. Notre amitié l'entravait et il enrageait de n'avoir pas encore trouvé la force de briser ses attaches. A croire qu'il avait fait sien le vers de Cendrars :

Quand tu aimes, il faut partir

Sacha aimait. Je le vis dans ses yeux ce soir-là. Il aimait Laura, éperdument, mais, l'ayant déjà conquise, il attendait son heure. C'était sa force, et, pour l'instant, l'origine de son tourment : Laura serait sienne, mais de la façon dont il l'avait décidé : totalement ! Ailleurs... plus tard...

Sans se laisser interrompre, car lui-même se cherchait, Sacha enchaîna sur cet « autre part » mythique que, selon certains philosophes, on ne peut trouver qu'après l'avoir emporté avec soi. Pour la première fois, il fit allusion à nos racines juives :

– Notre héritage, c'est la culture de l'errance. Elle nous entraîne à deux extrêmes : l'idéalisme ou le fatalisme !

Paul n'était pas vraiment concerné, mais il fut le plus attentif. Emporté par son élan, Sacha nous livra sa philosophie de l'espoir sous la forme d'un exposé sur l'âme juive. Lui-même, expliqua-t-il, avait toujours vécu dans l'attente d'un miracle ; il commençait seulement à reconnaître son erreur. Pour l'illustrer, il nous cita une fable, tirée d'une anecdote tragique :

– Une communauté juive, avec son Rabbi en tête, roulant vers une mort certaine dans un wagon plombé, se consolait en écoutant le saint homme promettre que la souffrance ne serait pas inutile et que le Messie ne tarderait pas à venir. Un enfant apeuré interrogea sa mère : « Maman, pourquoi le Messie ne vient-il pas maintenant ? » Sa question suscita un long silence dans le wagon à bestiaux. Le Rabbi répondit : « Le Prophète Élie se tient au ciel devant l'Éternel – Béni-soit-Il – et il porte une coupe. A chaque souffrance du peuple d'Israël, une larme divine tombe dans la coupe. Quand elle sera pleine, enfin nous connaîtrons la justice. Le Messie sera venu ! » L'enfant réfléchit et s'inquiéta de nouveau : « Peut-être que la coupe est percée, ou alors les larmes s'évaporent... » Au milieu des mourants, le Rabbi resta sans voix. Une larme jaillit alors des yeux de la mère, qui roula sur les cheveux de l'enfant : « Seigneur, dit enfin le saint homme, cette larme aussi mets-la dans ta coupe. » C'est ainsi, conclut Sacha, que six millions de juifs se sont laissé conduire à l'abattoir, sans se révolter... Par fatalisme. Tandis que d'autres, au même moment, décidèrent qu'ils avaient versé assez de larmes. Pour eux, la coupe était pleine. Ils avaient assez attendu le Messie... Alors, ils ont fondé un pays!

Voilà. Cet « ailleurs » pour lequel Sacha s'enflammait, c'était Israël. Héritier de l'errance, il croyait avoir trouvé son monde meilleur et prêchait l'*aliya*, la montée, le retour à la source. Sa prise de conscience – et c'était le plus émouvant – n'avait pourtant aucune résonance politique. Il voulait partir. Partir pour partir. Partir parce qu'il aimait. Mais ne pas partir seul...

Il était tard. Les garçons du restaurant commençaient à ranger les tables, à éteindre les lumières. Pendant près d'une heure, Sacha avait parlé sans s'interrompre. Déjà un peu ivre, il se servit un dernier verre de vin. Laura glissa sa main dans la sienne. Puis, sentant qu'on l'observait, elle se tourna vers Myriam.

– Et toi, demanda-t-elle doucement. Tu ne parles jamais. Dis-nous ce que tu penses?

Je regardai Myriam à mon tour. Elle était livide, le visage baigné de larmes...

4

En règle générale, je déteste l'ambiance des magazines et des journaux. Il y règne une activité à laquelle je me sens totalement étranger. C'est, je crois, un trait commun aux grands reporters et à tous les hommes de terrain... Patrick Winter, le secrétaire de rédaction, était au téléphone quand j'entrai dans son bureau. Il me salua d'un signe de tête et brandit un gobelet pour me demander si je voulais du café. Je refusai. Un instant plus tard, une assistante déposa en trombe une pile de documents devant lui. Il interrompit sa conversation pour se consacrer au tri et la fille repartit avec un maigre butin sur lequel il avait apposé son OK. Enfin, Winter se tourna vers moi. Il avait l'air épuisé, mais rayonnant. On se connaissait depuis assez longtemps. J'attendis la fin des préliminaires d'usage pour lui confier mon problème.

J'étais incapable de lui rendre mon article. Cela ne m'était encore jamais arrivé. Je le regrettais pour ma réputation et j'étais désolé de le plonger dans l'ennui.

– Que se passe-t-il ? Interrogea-t-il sans se démonter. Tu n'as pas réuni assez d'éléments ?

– Non, au contraire. C'est même dommage !

– Tu sais, si tu veux retourner au Pakistan, nos

contacts à l'ambassade ont promis que cette fois tu l'aurais, ton interview de Benazir...

Je secouai la tête, prêt à m'expliquer. La sonnerie du téléphone m'interrompit. Winter décrocha brutalement pour demander qu'on ne le dérange plus pendant au moins cinq minutes. Puis, sans me quitter des yeux, il déplia le chemin de fer de l'édition où était prévu l'article. C'était un grand professionnel. Je lui posais un problème inattendu, auquel il devait trouver une solution immédiate avant d'en chercher les raisons.

– Ça va, conclut-il, on peut s'arranger... Bon, je te décale d'une semaine et...

– Non! coupai-je. Tu n'as pas compris. Je t'ai apporté toutes mes notes, mais il faut que tu trouves quelqu'un d'autre pour écrire le papier...

Cette fois, Winter prit le temps de réfléchir. Les mains croisées sur son bureau, il m'épia longuement avant d'ôter ses lunettes. Il avait un visage rond et, sans les verres, ses yeux bleu clair paraissaient minuscules. Il soupira :

– Simon, c'est la première fois que tu me fais un coup pareil. Et je ne parle pas des frais du reportage... Qu'est-ce qui te prend? Si tu as des problèmes personnels... enfin... tu n'es pas malade?

La veille, Hélène m'avait posé la même question. Cela me rappela que je devais déjeuner avec elle...

– Patrick, demandai-je brusquement, envoie-moi en Israël!

Il y eut un silence. Patrick Winter avait remis ses lunettes. Ses yeux, maintenant, paraissaient tout ronds. Il tapota le coin du bureau et je sus exactement ce qu'il pensait. Chaque reporter a sa réputation mais aussi ses exigences. Parfois, des manies. Pour ma part, j'avais toujours refusé de me rendre au Moyen-Orient. Un confrère et écrivain connu, juif comme moi, avait déclaré pendant la guerre des pierres qu'il avait « mal à Israël ». Mais chez moi, c'était un mal plus ancien. Depuis vingt-trois ans, Israël était rayé de ma carte des sentiments. J'évitais d'en parler, de prendre position. En 1973, jeune journaliste qui se devait de tout accepter, j'avais renoncé à couvrir la guerre du Kippour. Cinq ans plus tard, lorsque Sadate avait enfin accepté de signer la paix, le même refus m'avait fait perdre un poste important... Aujourd'hui, une fois de plus, une guerre se profilait, sans doute plus sanglante, plus meurtrière encore mais cette situation de fait n'entrait en rien dans ma décision. Tout homme arrive à un âge où il a besoin de faire le point; de réveiller une dernière fois en lui l'adolescent qui sommeille et d'achever enfin les quêtes inaccomplies... La décision de retourner en Israël, je l'avais prise le matin même, devant une feuille blanche sur laquelle les mots refusaient de s'aligner!

Finalement, Patrick Winter secoua la tête.

– Non. Je suis désolé. Je veux bien voir avec la direction mais ça ne servira à rien; on a déjà trop de monde là-bas. Tu penses, ça va péter d'un jour à l'autre... (Il réfléchit). En revanche, j'ai peut-être une idée pour toi. Mais je ne suis pas sûr que ça te plaise.

– Dis toujours...

De nouveau, le téléphone sonna. Winter avait demandé cinq minutes, on lui en avait accordé six. Il décrocha, vociféra qu'il serait prêt dans une heure, puis il fouilla dans une pile de documents dont il extirpa une note.

– Normalement ça concerne la rubrique scientifique, mais enfin, on peut le traiter sous plusieurs angles... Tu sais que les Israéliens font bénéficier certains pays du tiers monde de leur technologie d'irrigation. Ils organisent une conférence à Jérusalem la semaine prochaine. Normalement, l'Égypte y participe. En principe, c'est la barbe, mais si ça t'intéresse, on a besoin d'une ou deux interviews. Je peux t'arranger le coup avec Marianne...

Je connaissais un peu Marianne Delage, la responsable des rubriques agro et écolo. Elle n'y comprendrait rien mais elle serait sans doute ravie de m'avoir sur place. Satisfait, je tendis la main à Winter. Il se leva pesamment de son siège.

– J'étais sûr que tu allais dire non. Un jour, il faudra peut-être que tu m'expliques...

– Il n'y a rien à expliquer, rétorquai-je. Vingt-trois ans, c'est long. C'est la moitié de l'âge d'Israël...

La Pizza Roma était, comme souvent, noire de monde. Par chance, Hélène travaillait chez un éditeur, de l'autre côté du pont de l'Alma; elle était arrivée avant moi et avait retenu une table. Les oreilles bourdonnantes à cause du brouhaha, je l'embrassai sur les lèvres avant de m'asseoir en face d'elle. Elle était en beauté. Je lui en fis la remarque.

– Dix minutes! railla-t-elle en regardant sa montre. C'est mieux qu'hier... Tu fais des progrès.

Je m'excusai encore une fois. Pour me plaire, elle avait fait l'effort de se maquiller et ses cheveux bruns, bouclés, étaient arrangés avec soin. Sans être vraiment jolie, Hélène irradiait un charme naturel qui, on le sentait, irait en s'accentuant avec l'âge. J'aimais sa bouche, dessinée comme des ailes d'hirondelle, sa voix un peu rauque et son rire. Je lui pris la main.

– Hélène, il s'est passé quelque chose... Tu ne dois pas m'en vouloir.

Elle inclina légèrement la tête de côté.

– Autrement dit, tu as combien de temps à me consacrer?

– Très peu... Je pars pour Israël.

Je sentis sa main se raidir. Pourtant, elle garda son sourire.

– Quand ?

– Demain, ou après-demain. Je n'ai pas encore réglé les détails.

Le regard d'Hélène s'assombrit. Si, dans sa tête, affluaient des dizaines de questions, je savais pourtant qu'elle n'en poserait aucune. Elle attendrait une fois de plus que je l'appelle, la veille de mon retour, ou le lendemain de mon arrivée. Cela me fit de la peine pour elle. En la regardant, je me dis qu'elle valait mieux qu'un silence. Par malheur, j'étais de nouveau incapable de lui expliquer.

Elle avait dû lire dans mes pensées car elle dit, en haussant les épaules :

– Ça ne fait rien... Tu m'expliqueras quand tu voudras.

Puis, sa gaieté retrouvée, elle saisit la carte. Elle ignorait quand je reviendrais, ni même si elle me reverrait un jour, mais près d'une minute elle fit semblant de se concentrer sur le menu. La Pizza Roma proposait un assortiment de spécialités italiennes. Je connaissais ses goûts. Elle demanda enfin :

– On partage une entrée ? Ensuite, je prendrai une Calzone.

– On partage ce que tu veux, répondis-je en lui caressant les doigts. Hélène... Je te promets qu'à mon retour on parlera.

Ses yeux cherchèrent les miens. Elle avait l'air étonné.

– On parlera ? Mais de quoi ? Tu as toujours voulu retourner en Israël, non ?

Sa remarque me prit de court. Elle avait employé le terme « retourner », et je ne me souvenais pas lui avoir parlé de mon premier voyage. Pendant quelques instants, je me demandai quelle phrase, émanant de quelle réflexion intérieure, avait pu m'échapper un jour, qu'elle eût interprétée comme une confidence, pour en déduire intuitivement ce que j'ignorais moi-même. Je n'en trouvai aucune.

– Qu'est-ce qui te fait croire ça? demandai-je.

Hélène était encore plus intelligente que je ne l'avais cru. Elle sourit, énigmatique :

– Tu es juif, Simon, pourtant tu ne parles jamais d'Israël...

– Justement. Raison de plus...

Elle secoua la tête.

– Les autres juifs que j'ai connus avaient toujours leur point de vue : pour ou contre, indifférent ou passionné. Toi, tu te caches, comme si tu faisais un rejet. Pendant la guerre des pierres, tu lisais les journaux mais tu ne regardais jamais la télé... Je t'ai observé : les images te dérangeaient. Toi, un journaliste...

Je gardai le silence, intrigué.

Soudain elle se pencha par-dessus la table et m'embrassa.

– A ton retour, tu me raconteras, lança-t-elle. Tu m'expliqueras dans quel recoin secret de ton enfance tu avais caché ce pays.

« Paris, 20 septembre 1966

Simon,

Il est minuit. Maman et mon frère dorment. Après ce qui s'est passé hier, il fallait que je t'écrive, que je te dise : d'abord, ne m'en veux pas! Si je suis partie brusquement, cela n'a rien à voir avec toi. Parfois, je me sens gamine, ou complètement idiote. D'autres fois, je ne sais tout simplement pas où j'en suis. La vie me fait mal, et je ne comprends pas pourquoi. Quand tu m'as prise dans tes bras, j'ai eu peur. Tu me répétais que tu m'aimais et moi je guettais les pas dans le couloir, j'espérais que tes parents reviendraient... Tu vois, je suis stupide. Je voudrais que tu m'aimes et ne rien te donner en échange. Pas même un instant de plaisir, pas même un sourire, pas même un baiser... Cela m'a fait de la peine de te voir si triste. Je te comprends. Le problème, c'est que personne ne me comprendra jamais.

Je suis seule, Simon. Terriblement seule, même quand je suis avec vous. Je sais, je ne parle pas beaucoup. Les autres me le reprochent souvent, Paul, Laura, Michel... mais, eux, ils bavardent, ils n'ont pas le temps d'écouter, ils ont trop de projets. Quant à Sacha, il croit que je cache un mystère... Si au moins c'était vrai! En réalité, je suis vide, je n'ai rien à cacher.

Il faut que cela cesse, Simon. J'ai besoin de ton amitié, mais je ne suis pas prête pour la passion. Je ne veux pas te perdre mais je sais que je n'ai rien à t'offrir.

Pardonne-moi de pleurer si souvent...

Myriam. »

Cela avait été notre plus bel été. Deux mois de soleil et de promenades que nous avions vécus pleinement, sans aucune nostalgie pour les vraies vacances, celles qui, d'habitude, nous emportaient avec nos parents vers des coins ennuyeux, loin de nos amis. Myriam nous avait présentés à sa mère et, désormais, leur appartement était notre quartier général. On y rencontrait souvent son frère, David Malka, alors simple avocat au barreau de Paris. Sacha et lui s'étaient trouvé un terrain d'entente. Ils passaient des heures à disséquer Herzl, à analyser le miracle d'Israël et à reconstruire un pays où aucun des deux n'avait encore jamais mis les pieds... Pendant ce temps, Simone Malka nous emmenait manger des glaces, comme des enfants. Myriam paraissait heureuse d'avoir agrandi sa famille.

A présent, avec l'automne, Myriam nous échappait de nouveau. Son père, apprit-on alors, était mort en octobre, cinq ans plus tôt, à l'issue d'une longue maladie. Myriam ne s'en était jamais vraiment remise. Elle détestait la pluie, craignait l'hiver, passait ses heures de solitude à écrire des lettres que, la plupart du temps, elle déchirait.

Je reçus son mot par la poste, une semaine après qu'elle me l'avait écrit. Entre-temps, rien dans nos rapports n'avait pu me laisser supposer qu'elle souhaitait une rupture. Était-elle distante ? J'appréciais sa réserve. Se refusait-elle à mes avances maladroites d'adolescent ? J'admirais sa chasteté. Était-elle triste, sombre, maussade ? Je la jugeais ténébreuse, profonde, mélancolique, et la trouvais d'autant plus attirante. Lorsque je lui demandai si elle désirait vraiment notre séparation, Myriam éclata en sanglots et me dit qu'une fois de plus je n'avais rien compris.

Comprendre.

Je croyais qu'il suffisait d'aimer...

Décembre 1989. Il me restait une journée à passer à Paris et je n'arrivais pas encore à me décider. Fallait-il l'appeler, renoncer à le voir, ou lui faire la surprise en me rendant directement chez lui ? Michel Atlan était devenu quelqu'un d'important. On disait qu'après avoir été un génie de la publicité, ayant gagné des milliards avec l'import-export puis essuyé une faillite retentissante, il avait désormais la mainmise sur la presse automobile et collectionnait les Ferrari... ce qui lui ressemblait tout à fait.

Sans le prévenir, je finis par lui rendre visite à son bureau, prenant le risque qu'il fût absent. Une manière comme une autre de remettre ma décision entre les mains du destin...

Les « Entreprises Michel Atlan » avaient leur siège dans un vieil immeuble du dix-huitième arrondissement. Entrée pavée de marbre, murs recouverts de faux cuir, mobilier *high-tech*, parois en verre fumé, agrandissements de Ferrari dans des cadres d'aluminium, odeur d'argent frais et secrétaire aux ongles peints... Je reconnus immédiatement les clichés qui hantaient déjà l'adolescence de Michel. « Gagner c'est montrer, montrer c'est séduire, et séduire c'est encore gagner ! » Lui au moins, semblait-il, avait accompli une partie de sa quête... Et le destin, lui, avait décidé que je devais le rencontrer !

– Monsieur Atlan est très occupé ! jeta la secrétaire. Qui dois-je annoncer ?

Elle transmit un nom par l'interphone. Une fraction de seconde plus tard, Michel jaillit d'un bureau à porte capitonnée. Après un temps d'arrêt, il fonça sur moi, les bras grands ouverts, et me serra contre lui.

– Simon ! Elle m'a pas fait une blague ? C'est bien toi, Simon ? Putain, c'est bien toi ?

Il avait grossi, le malheureux, et commençait à perdre ses cheveux. Mais à part ces détails, qui, somme toute, ajoutaient à son charme prospère, il était le même : le front un peu fuyant, de grands yeux constamment étonnés, le col de chemise bâillant sur les tables de la loi. Il m'entraîna dans son bureau :

– On ne me dérange sous aucun prétexte ! clama-t-il. Aucun, c'est bien compris, *Marilyn* !

Une fois dans la pièce, il s'esclaffa :

– En fait, elle s'appelle Maria. C'est une Portugaise, mais tu as vu, décolorée en blonde, on dirait pas... (Soudain sérieux, il me détailla des pieds à la tête) Simon ! J'arrive pas à le croire !... Et, en plus, tu tiens la forme. Non mais, regarde-toi ; habillé comme un jeune homme, pas un poil de graisse... Qu'est-ce qui t'a pris de rester dix ans sans m'appeler ?

La dernière fois, je l'avais aperçu à une vente de charité organisée au profit des rapatriés du troisième âge où un cousin lointain m'avait emmené. C'était en 1976. Je précisai en soupirant, un peu honteux :

– Quatorze ans, Michel. On ne s'est pas parlé depuis quatorze ans !

– Tu as raison, putain ! C'est fou comme ça passe. Mais assieds-toi. Je te sers quelque chose à boire ?

Il désigna un divan de cuir noir entouré de plantes vertes, près duquel étaient placés un bar et un réfrigérateur – d'où il sortit deux cocas avant de se laisser tomber à côté de moi. Michel avait toujours eu besoin d'espace et son bureau personnel aurait pu facilement contenir mon appartement. Dans un coin, il avait installé un téléviseur géant, relié à plusieurs magnétoscopes et une chaîne stéréo. On pouvait critiquer ses goûts, mais question confort Michel savait recevoir ses clients...

– Tiens, mon fils ! Dit-il en tendant mon verre. *Léchaïm !*

Il m'adressa un clin d'œil tandis que je portais, avec lui, un toast *à la vie.* Le plus étrange, c'est qu'il ne paraissait même pas étonné de me voir. En l'observant, je pouvais me rendre compte que ma présence dans son bureau lui semblait naturelle, comme si l'on s'était quittés la veille ou le mois précédent. Sans me laisser le temps de lui poser la moindre question, il enchaîna sur sa vie professionnelle, le seul domaine dans lequel – se plaignit-il – il avait remporté quelque succès. Marié huit ans plus tôt, il sortait d'un divorce pénible, qui lui laissait trois enfants à charge et deux foyers à entretenir. La presse-auto, en revanche, *ça marchait.* Il était dans une passe excellente. Depuis peu, son groupe s'étendait à tout le marché européen.

– Tu peux pas savoir. La bagnole, mon vieux ! Ces abrutis ne s'intéressent qu'à ça. Ils savent même pas si leur foie est à droite ou à gauche ; par contre tu leur montres un moteur, c'est comme si tu leur avais fait gagner un million... Mais je parle, je parle... Et toi, alors ? Tu veux un autre coca ?

Je refusai en le remerciant et, par politesse, puisqu'il le demandait, j'évoquai rapidement quelques épisodes de ma vie. Quatorze ans plus tôt, alors que j'étais au tout début de ma carrière, mes activités de reporter fascinaient déjà Michel. Je lui relatai deux ou trois de mes voyages les plus récents, mon séjour au Pakistan, plaisantai avec lui sur le dos de certaines personnalités politiques, pour éluder quand il m'interrogea sur ma vie sentimentale : « Non, je ne suis pas marié ! » et conclus, comme il le souhaitait, par une touche optimiste : « Oui, je gagne bien ma vie... »

– Qu'est-ce que tu veux de plus, hein ? (Il tapa sur ses cuisses.) Tu as du pognon, tu as la liberté, tu voyages... Mais alors, dis-moi, à part l'amitié, tu es venu me voir pourquoi ?

– Michel, demandai-je, sentant le moment venu, as-tu des nouvelles de Laura ?

Il plissa les paupières, l'air soucieux et intrigué. L'espace d'un instant, je crus voir une ombre de tristesse dans ses yeux. Soudain, il éclata de rire :

– C'est pour ça ? Tu veux savoir où est Laura ? Tu sais ce que j'ai cru ? Sérieux, tu ne m'en veux pas si je te le dis ? Mets-toi à ma place, on ne se voit pas pendant quatorze ans, et tout à coup tu débarques... J'ai cru que tu voulais m'emprunter du fric.

Il se mordit les lèvres.

– Laura, tu parles si j'ai des nouvelles ! Bien sûr que j'en ai... Moi, je suis comme toi : l'amour, je ne l'ai rencontré qu'une seule fois dans ma vie... Si tu savais comme elle est encore belle ! Tiens, il y a deux mois, elle m'a envoyé une photo, dommage, je ne l'ai pas sur moi. La même qu'avant, bronzée, souriante, des yeux... un corps... (en soupirant, il dessina des formes mythiques dans l'air devant lui), entourée de tous ces gosses qui crèvent de faim, on aurait dit la mère de Jésus. Et elle me coûte un pognon !...

Je l'interrompis d'un geste, en secouant la tête.

– Attends, quels gosses ? Explique-moi.

– C'est vrai, tu ne peux pas savoir... Elle est partie en Inde s'occuper d'une œuvre humanitaire. Ça fait... attends... sept ou huit ans ! Mais ne t'inquiète pas, Laura c'est pas mère Térésa, elle risque pas d'attraper la lèpre ; son truc à elle, c'est la construction de centres éducatifs... J'arrête pas de lui envoyer de l'argent. Tu crois qu'elle le dépenserait pour elle ? Pas question ! Tout pour les bonnes œuvres... En échange, elle me fait parvenir des mots de remerciement. Je te jure. J'en ai un tiroir plein. J'ai jamais réussi à me souvenir d'un seul nom de ses gosses, mais il paraît que je suis leur parrain... Enfin, si ça la rend heureuse...

Il haussa les épaules, le regard perdu dans le vague. Michel, à sa manière, avait toujours été le plus romanesque d'entre nous ; je le soupçonnais d'être aussi heureux de cet arrangement que pouvait l'être Laura... Quant à moi, j'étais déçu. Secrètement, en me rendant en Israël, j'avais espéré la retrouver. Elle vivait en Inde. Un an plus tôt, j'étais à Calcutta...

– Et Paul ? demandai-je enfin.

Il y eut un silence. Michel sortit de sa rêverie.

– Alors, toi aussi, fit-il sombrement. Toi aussi, ça te fait mal de penser à cette époque... Il paraît que c'est l'âge. On devient vieux, on a peur de l'avenir, on s'accroche au passé...

Après un temps, il ajouta :

– Non... Paul, je n'ai aucune nouvelle !

5

Décembre 1966.

Myriam nous avait quittés.

Elle était partie un jour d'hiver, en nous abandonnant sans un mot, laissant derrière elle une famille déchirée par la souffrance et des amis arrachés à l'enfance que, par son geste désespéré, elle projetait dans le monde des adultes.

Ma peine était indescriptible. Je la cherchais partout, sans comprendre, maudissant tous ceux, autour de moi, qui l'avaient côtoyée. Je hurlais qu'on me la rende. Soupçonneux, je luttais contre la Mort qui me l'avait arrachée, comme un amant jaloux...

Quelques mois plus tard, Laura et Sacha partirent à leur tour. La mort de Myriam avait été pour eux comme un présage, le signe qu'il fallait aller de l'avant, et Paul, aussi bien que Michel, tentèrent en vain de les retenir. Fatalisme, idéalisme, il n'y avait pas d'autre choix, c'était la grande théorie de Sacha. Contrairement à Myriam ils avaient choisi l'espoir et nous, les « Déserteurs », avons alors fait une promesse : celle de rejoindre Laura si, un jour, elle se sentait trop seule. D'être à ses côtés. Toujours...

Ensemble, ils allaient vivre en Israël.

Ma rage trouva enfin une cible.

Décembre 1989.

Bercé par le ronflement régulier des réacteurs, j'avais fini par m'assoupir, lorsque mon voisin me poussa du coude.

– Regardez! souffla-t-il.

Encore somnolent, je perçus le sifflement caractéristique du train d'atterrissage. L'avion piquait du nez. Dans le hublot, barrant l'horizon, apparut une bande de terre plate, teintée d'ocre et de vert, nappée d'une brume de chaleur. Le soleil se reflétait sur l'aile en éclats aveuglants. Baignée par ce halo, la côte s'étirait entre la mer et le ciel comme dans un écrin de lumière.

– Regardez, répéta mon voisin... *Eretz Israël!*

Au même moment, une rumeur sourde et indistincte s'éleva dans la cabine. Elle enfla. Intrigué, je tendis l'oreille. C'était de l'hébreu. Une chanson, dont enfin je distinguai les paroles et qui sortait de toutes les bouches :

– *Evenou Shalom Alechem... Evenou Shalom Alechem... Evenou Sha-alom Alechem... Evenou Shalom Shalom Shalom Alechem...*

Tout à fait réveillé cette fois, je sentis mon cœur battre plus fort. Malgré la menace de guerre, le 747 était plein à craquer et chacun, à sa manière, célébrait le retour à la Terre promise. Certains en frappant dans leurs mains. D'autres en priant. Tous portés par la même allégresse, chantant comme des enfants : « *Bienvenue, ami. La paix soit avec toi. Bienvenue. Bienvenue...* »

Alors, tandis que le paysage se rapprochait, révélant dans le soir les contours des champs arrachés à la sécheresse, les maisons d'un immense faubourg, et ses réseaux routiers encombrés, je me souvins d'une parole de Sacha : « On ne peut trouver de monde meilleur qu'en l'emportant avec soi! »

Quelques minutes plus tard, l'avion se posa sur l'aéroport Ben Gourion.

Ma valise à la main, je me dirigeai vers la file des taxis. Il faisait presque nuit. L'air humide portait des milliers de senteurs : parfum de fleurs d'oranger et d'épices, comme au cœur d'un marché, odeur d'écorce et de pins. L'activité qui régnait autour du terminal était affolante. Pour se frayer un passage, les voitures rivalisaient du klaxon. Vitre baissée, les chauffeurs s'engueulaient. Des soldats en uniforme – pour la plupart des femmes – faisaient la queue aux arrêts de bus en discutant gaiement, la mitraillette à l'épaule. Des enfants couraient. D'autres suivaient leurs parents. Un groupe de Juifs orthodoxes (capeline noire, chapeau rond, et papillottes pour les hommes, femmes vêtues à l'orientale) me bouscula pour se ruer sur un taxi collectif d'où montaient des chants du folklore hébreu. Un policier les observait d'un air goguenard. Il siffla et cria au chauffeur de se dépêcher.

Dans cette foule de kermesse, je cherchai en vain le moindre signe de tension ou de peur ; à ma grande surprise la vie suivait son cours normal, peut-être même semblait-elle plus animée qu'à l'ordinaire. Israël, contrairement au reste du monde, ne se préoccupait pas des guerres imminentes. Même moi, habitué par mon métier aux régions les plus chaudes du globe, je ne pouvais qu'admirer son insouciance et sa gaieté...

Enfin, un taxi s'arrêta devant moi.

– Où allez-vous ? demanda le chauffeur en hébreu.

J'hésitai.

– *Where do you go* ? répéta-t-il dans un anglais impeccable. Quel hôtel ?...

Initialement, j'avais prévu de passer la nuit à Tel

Aviv et, pour le cas où je changerais encore d'avis, une chambre était retenue à mon nom à l'hôtel Dan Panorama. Mes plans, bien sûr, étaient tout autres ; grâce à Patrick Winter, la direction du magazine s'était montrée conciliante et, avant d'attaquer mon reportage, j'avais obtenu une semaine de battement...

Le chauffeur s'impatientait. Je demandai enfin :

– Pouvez-vous m'emmener à Tibériade ?

– Tibériade ? rugit-il. *Of course... No problem!*

D'un air satisfait, il saisit ma valise. La voiture était une vieille Volvo. L'intérieur sentait la cigarette. En soupirant, je me laissai tomber sur le siège usé.

J'étais heureux.

Il me restait à franchir cent soixante kilomètres...

Retrouvailles

6

« 9 avril 1967
Israël. Kibboutz Yardena

Mes chers déserteurs,

Je suis seule et j'ai peur. Vous me manquez. Sacha est loin. Il est à l'armée. J'aurai bientôt vingt ans et vous ne serez pas là. Vous êtes des lâcheurs. Vous ne tiendrez jamais votre promesse. J'en suis sûre. Mais je vous aime.

Laura. »

Le soleil était déjà haut ; la route cahoteuse s'enfonçait dans un paysage majestueux de plaines arides et de collines lorsque le chauffeur, au détour d'un lacet, arrêta son véhicule et nous fit signe de descendre. Paul somnolait contre moi. Michel le secoua. Il s'ébroua et grogna :

– Que se passe-t-il ?

– On est arrivés, abruti ! lança Michel. Dépêche-toi !

Sans un mot, le chauffeur avait fait le tour de la voiture pour sortir du coffre nos bagages qu'il déposa sur le bord de la route. Michel le rejoignit. Je descendis à mon tour et m'étirai, encore endolori par l'inconfort d'une semaine passée en mer à dormir sur le pont d'un bateau. La vue me coupa le souffle.

A nos pieds, scintillant sous un ciel sans nuages, s'étendait le lac de Tibériade, immense, entouré de collines ombrées de rose et surplombé, sur la rive opposée, par les contreforts du Golan, impressionnants comme un massif de granit...

Une portière claqua dans mon dos. Michel avait fini de payer. Le taxi démarra en trombe. C'est alors qu'on aperçut le panneau :

« Kibboutz Yardena – 2,8 kilomètres. »

– Putain, explosa Michel. Il nous a roulés. Trente livres, et il nous dépose à trois kilomètres !

En plein soleil, la chaleur était à peine supportable. Une minute nous avait suffi pour être en nage. Paul, stoïque, s'assit sur les bagages en bâillant.

– Arrête de râler, fit-il à l'intention de Michel. Tu ne vas pas en mourir... Au contraire, ça te fera perdre un peu de gras.

– C'est ça !... Grand seigneur avec l'argent des autres !

D'un geste furieux, Michel récupéra sa valise. Puis, toujours râlant, le pas vif, il prit la direction indiquée par le panneau :

– ... La prochaine fois, tu te le paies le taxi ! Et tu te paies aussi le bateau de Marseille à Haïfa... Et le train de Paris à Marseille tant que tu y es !...

Il nous fallut près d'une demi-heure pour parvenir en bordure du lac. Michel soufflait comme une locomotive. Paul, coiffé d'un chapeau de paille, traînait son sac en sifflotant. Je ne transportais, pour ma part, qu'une besace, avec quelques chemises et ma caméra, mais, après une telle marche, j'avais l'impression qu'elle était remplie de pierres. Michel se laissa tomber sur un rocher. Il ôta ses chaussures et gémit :

– Putain ! Avec les ampoules que j'ai, je vais pouvoir m'éclairer toute l'année !

On entendit un bêlement. Soudain, débouchant du haut de la colline, longeant les champs de blé, un immense troupeau de moutons se dirigea vers nous. Un cavalier trottait derrière, sifflant ou poussant des cris pour regrouper les retardataires. Au passage, il nous adressa un petit signe amical. Paul lui répondit par un « *shalom!* » tonitruant puis, pris d'inspiration, il sortit une flûte de son sac et, se tournant face au lac, égrena une mélodie, tandis que le troupeau se rapprochait de la berge, couvrant de bêlements les notes aiguës et fluettes.

– Vous vous rendez compte ? s'exclama-t-il. Regardez ! C'est le lac de Tibériade ! Un des lieux les plus sacrés du monde !

– En tout cas, un des plus chauds... ! grimaça Michel.

Près de la rive, le troupeau formait une gigantesque vague mouvante qui s'éloignait en ondulant. Une légère brume nappait la surface frémissante de l'eau, donnant à la scène un caractère irréel, comme tirée d'un conte ou d'une légende biblique. Poussé par ce qui ressemblait étrangement à un élan mystique, Paul se redressa et, plein d'emphase, déclama un verset de l'Ancien Testament :

– « ... Et nous sommes entrés au pays de Canaan. Le pays où coule le lait et le miel... »

– Tu ne crois pas que tu en fais un peu trop ? le coupai-je, amusé.

Michel se massait consciencieusement les orteils. Il releva la tête vers moi.

– Il faut le comprendre... Il se sent un peu seul dans ce pays... Alors, il veut se faire aimer. Mais on t'aime, Paul... T'es goy, mais on t'aime !

– Seigneur, excuse-les, gémit Paul. Ils sont vraiment trop cons ! Ils sont peut-être juifs, mais cons...

Puis il rangea sa flûte, ramassa son sac et reprit la route. Je lui emboîtai le pas en riant :

– Pas « Seigneur », « Elohim » ! Ici, si Tu ne Lui parles pas en hébreu, Il ne comprend pas... Répète après moi : *Baroukh ata adonaï, eloinou...*

Cette prière résumait ma connaissance de l'hébreu mais, malgré mon accent épouvantable, dans un tel décor, je trouvais que les mots sonnaient bien. Paul accéléra le pas. Michel finit de lacer ses chaussures, s'empara de sa valise et courut derrière nous :

– Attendez-moi, oh, attendez-moi !...

Puis, arrivé à notre hauteur.

– Dites, pour Laura, on est bien d'accord, hein ? Si on a encore une petite chance, on fait rien sans prévenir les autres. On se tire pas dans les pattes ! D'accord ?... vous m'avez entendu... D'accord ?...

Perdu dans ses fantasmes, il ne vit pas une bouse de vache que je venais d'éviter et marcha en plein dedans.

Laura avait tort. Nous tenions toujours nos promesses. Encore sous le choc de la mort de Myriam, son départ avec Sacha nous avait paru comme une sorte d'abandon et le jour où Michel reçut sa lettre, notre réaction fut unanime. Laura avait besoin de nous. Il ne restait plus qu'à voler à son secours.

Les raisons qui nous poussaient à accomplir ce périple en plein milieu de l'année universitaire, malgré le risque de guerre largement commenté par les journaux occidentaux, étaient en fait plus compliquées, et différentes pour chacun de nous. Paul s'ennuyait à l'École de médecine et rêvait d'aventures. Michel, lui, était toujours amoureux de Laura. Quant à moi, j'ignorais encore précisément ce que j'étais venu chercher en Israël, mais la rancœur qui m'habitait aurait sans doute surpris mes compagnons ; contrairement à eux, je n'étais pas en quête d'amitié et les mobiles qui me guidaient alors me paraissent aujourd'hui aussi sombres que puérils...

Peu de temps après, nous arrivâmes en vue du kibboutz. C'était une petite agglomération, constituée de curieuses bâtisses plates disséminées au milieu de jardins luxuriants, dont l'aspect général – à l'exception des enfants qui jouaient dans les travées, des tracteurs rangés dans un hangar ouvert , et du linge suspendu à des cordes – n'allait pas sans évoquer une enceinte militaire. Des gardes armés, habillés comme des paysans, circulaient autour de miradors construits de bric et de broc, près des fils barbelés qui ceinturaient le village agricole jusqu'au lac en contrebas. L'un d'eux s'approcha, nous demanda ce qu'on cherchait. Son regard s'alluma quand Michel prononça le nom de Laura. Du doigt, il désigna un verger à flanc de coteau qui dominait le kibboutz. Puis il nous mit en garde.

– Faites attention. Ne restez pas trop à découvert...

– Pourquoi ? s'inquiéta Paul.

– Vous n'écoutez pas la radio? Là-bas, c'est le Golan, une position syrienne. Leurs canons sont pointés sur nous en permanence. De temps en temps, quand ça les amuse, ils nous tirent dessus... En ce moment, c'est tous les jours!

Michel blêmit. Intrigué, Paul plissa les paupières pour observer la montagne qui se dressait à moins de trois kilomètres. Quant à moi, je souris; je n'en croyais pas un mot. Si les Syriens tiraient vraiment sur le kibboutz, on se demandait pourquoi tout avait l'air si calme, si paisible, et pourquoi des parents laissaient leurs enfants jouer dans les allées... Encore un effet de la propagande israélienne, pensai-je. Fermement, j'entraînai les autres.

Quelques minutes de marche nous suffirent pour atteindre un verger en aplomb du lac, qui s'étendait à perte de vue. Juchées sur des escabeaux, des femmes faisaient la cueillette, récupérant les pamplemousses jaunes et juteux dans de grands sacs de toile qu'elles portaient en bandoulière. Certaines étaient armées. D'autres, accroupies, regroupaient les sacs, qu'elles transportaient ensuite jusqu'au chariot d'un tracteur. Leurs robes bariolées et leurs fichus de couleur tranchaient sur le vert dense des arbustes qui formaient de longues rangées entre lesquelles des enfants, à quatre pattes, récupéraient les fruits perdus. Toutes fredonnaient, ou devisaient gaiement. Soudain, Paul se figea :

– Regardez !

Vêtue d'un treillis, contrairement aux autres femmes, mitraillette à l'épaule, le teint doré, un foulard sur les cheveux, Laura était méconnaissable ! Pourtant, Paul avait raison, c'était bien elle, juchée sur une échelle, à quelques mètres de nous. Surpris, je m'exclamai :

– Elle est belle...

Paul était aussi impressionné que moi.

– Comment ça, elle est belle ? Elle est magnifique !

Michel renchérit, exaspéré :

– Quoi, magnifique ? Vous êtes bêtes ou quoi ? Elle est sublime !

Toute à son travail, Laura ne nous avait pas encore vus. Nous nous approchâmes, silencieux, puis, parvenus au pied de l'échelle, nos trois voix s'unirent pour la surprendre avec une des dernières chansons de Guy Béart : « Laura... Laura... On l'a jouée aux billes, aux tous premiers temps. Elle était petite fille, nous étions enfants. Nous étions quatre auprès d'elle, nous étions quatre séduits. Comme autour d'une chandelle, des oiseaux de nuit. Laura, Laura, l'aura pas, lequel de nous deux l'aura ? »

Tout d'abord incrédule, elle se tourna vers nous et son visage s'illumina. La gorge nouée par l'émotion, elle resta figée quelques instants, incapable de réagir.

Puis, sans crier gare, elle se mit à nous bombarder de pamplemousses.

– Mais, qu'est-ce qui te prend ? cria Michel en s'abritant derrière sa valise.

Les fruits continuaient de voler. Paul trouva refuge derrière un arbre.

– Arrête, Laura !

Visiblement furieuse, Laura arrêta son tir pour se ruer au bas de l'échelle.

– Que faites-vous ici ? demanda-t-elle sèchement.

– Tu nous as écrit, non ?

Elle haussa les épaules puis, sans autre explication, elle nous écarta du passage avant de rajuster son sac et sa mitraillette pour s'éloigner en direction du tracteur.

– Ça fait des mois qu'on ne s'est pas vus, plaidait Michel. C'est comme ça que tu nous accueilles ?

Michel ajouta.

– Tu disais que tu avais peur, que tu étais seule, qu'on te manquait...

– Et alors ?

Je lançai, grinçant :

– Alors on est venus... Comme des cons !

Laura me fusilla du regard.

– Eh bien, il fallait pas ! Un coup de cafard, ça arrive à tout le monde.

Après avoir jeté son sac dans la remorque, elle se hissa sur le tracteur qu'elle mit en marche. L'engin démarrait. Soudain affolés, nous nous précipitâmes derrière elle. Laura accéléra. Encombrés par nos valises, nous parvînmes tant bien que mal à nous accrocher à la remorque, puis à grimper. Bringuebalés de tous côtés, il fallut hurler pour couvrir le bruit du moteur :

– On s'est tapé quatre jours de bateau pour te faire plaisir !

– Et moi, cria Paul, j'ai reculé tous mes examens en septembre !

– Et Sacha, on peut le voir quand même ?

– C'est pas grave ! explosai-je. On va rentrer en France... Laura, c'est quand le prochain bateau ?

Le tracteur avait pris la route du kibboutz, empruntant une côte abrupte qui déboucha sur un chemin de terre bordé de grillage hérissé de barbelés. On devait faire un curieux tableau, tous les trois, vociférants, avec Laura qui refusait de nous répondre, tandis que la remorque encaissait les cahots, manquant à chaque ornière de nous jeter par-dessus bord. A l'entrée du kibboutz, des chiens se mirent à aboyer, avant de s'élancer vers nous, féroces et excités, heureusement retenus par les grillages. Les gardes qui nous avaient renseignés éclatèrent de rire à notre approche. Des enfants nous désignèrent du doigt. La chaleur aidant, nous ne savions plus si nous étions encore vivants ou déjà morts. Mais Michel eut quand même le dernier mot :

– Moi, gémit-il, je boirais bien juste un petit verre d'eau avant de partir !

Enfin, Laura arrêta le tracteur devant un casernement. C'était une longue baraque, ouverte à tous les vents, sous laquelle étaient abrités des canons et des tanks datant d'au moins deux guerres : du matériel usé et rouillé, que des soldats étaient en train de briquer ou de graisser. Laura sauta à terre et s'approcha de la remorque, l'air contrarié :

– Écoutez, j'aurais jamais dû vous demander de venir, dit-elle, très sérieuse. Vous savez ce qui se passe en ce moment ? Le Golan est en territoire syrien, il est truffé de souterrains, et tous les jours ils bombardent le kibboutz... Il faut repartir !

Laura nous observa un instant. Un léger sourire se dessina sur ses lèvres. Puis, sans attendre de réponse, elle remonta à bord du tracteur et démarra brutalement. On la vit s'en aller, raide et superbe sur son engin, avant de réaliser qu'elle avait décroché la remorque, nous plantant au milieu du chemin.

– Ne restez pas à découvert ! cria-t-elle. Ils vont vous tirer dessus ! Et ils visent très bien...

Dans un nuage de poussière, le tracteur disparut derrière le bâtiment.

– Et maintenant ? demanda Michel. Qu'est-ce qu'on fait ?

En débarquant au kibboutz Yardena, nous poursuivions deux buts avoués : secourir Laura, dont la lettre nous avait émus, mais aussi – et surtout, en ce qui me concernait – revoir Sacha. Par son brusque départ, il nous avait laissés déconcertés, et ses conseils, comme son optimisme, nous manquaient étrangement.

Sans lui, après l'accueil de Laura, nous serions sans doute repartis sur-le-champ. Mais nous avions passé quatre jours en mer, traversé la France de nuit sans dormir, parcouru trois kilomètres à pied en plein soleil et cela pour retrouver nos amis. D'un autre côté, c'eut été mal connaître Laura que de se fier à sa première réaction. Laura était insaisissable, changeante, si fragile devant l'émotion.

Après avoir accroché la remorque à une jeep pour traverser le kibboutz (beaucoup plus vaste qu'il n'avait semblé à première vue) les gardes, toujours hilares, nous déposèrent devant le bungalow de Sacha. Laura nous attendait sur le perron, tout sourire, un broc d'eau et des verres à la main...

– Bienvenue aux valeureux « déserteurs » ! railla-t-elle. Vous avez soif ? Entrez... Sacha sait que vous êtes là !

Évidemment, personne ne se fit prier. L'intérieur de la maisonnette était plongé dans l'ombre ; sa fraîcheur nous saisit agréablement, comme le premier bienfait de cette journée. Par une fenêtre, on apercevait le lac, toujours majestueux, véritable miroir où se reflétaient les collines roses de Galilée, au-delà d'une vaste pelouse entourée de palmiers. Les murs avaient pour seule décoration quelques affiches de spectacle, parmi lesquelles on découvrit, émus, celle du « Rire des Poètes ». Le mobilier, rudimentaire, était réduit au strict nécessaire. Une table, des chaises, un bureau sur lequel était posé un vieux poste de radio d'où montaient, nasillardes, les notes d'un concert enregistré, et un lit, d'où Sacha, allongé, nous souriait.

Il ne s'était pas rasé depuis au moins deux jours et paraissait au bord de l'épuisement, dans son tricot bleu armée maculé de sueur, si bien qu'on se rua sur lui pour lui éviter de se lever.

Au même moment, comme par un signe du destin, le programme de musique s'interrompit pour un bulletin d'information. En Français, d'une voix où perçait l'inquiétude, le présentateur annonça : « A la demande du colonel Nasser, le secrétaire général de l'ONU, U Thant, a accepté de retirer les casques bleus interposés entre Israéliens et Égyptiens dans le Sinaï et sur la bande de Gaza. Jérusalem a exprimé officiellement sa très vive inquiétude. Pour l'instant, tout semble calme. Aucun mouvement de troupes n'est à signaler. Pas plus sur le Golan qu'aux autres frontières de l'État hébreu... »

Sacha se redressa brusquement.

– Ça va être la guerre, dit-il en guise de salut. Vous n'auriez pas dû venir !

7

– Et un habitant du kibboutz, tu appelles ça comment ?

– Un *kibboutznik.*

– Alors, les gens autour de nous, c'est des *kibboutzniks,* c'est ça ?

Michel ne se lassait pas d'interroger Sacha. Celui-ci répondit en souriant :

– Non, au pluriel on dit : *kibboutznikim...* Ça paraît compliqué, mais c'est en fait très simple. L'hébreu moderne a été conçu pour être appris en quelques mois. Le seul problème, c'est qu'il puise sa source dans la Torah et les livres de prières. Quand les premiers sionistes ont voulu le répandre, ils se sont rendu compte qu'il manquait deux mots essentiels à leur vocabulaire...

– Lesquels ?

– « Sexe » et « automobile »...

Laura, Michel et Paul s'esclaffèrent. Installés à une table, dans le plus grand bâtiment du kibboutz qui servait de réfectoire et de salle de réunions, nous avions vite oublié la menace de guerre pour harasser nos amis de questions. Nous étions à la fois subjugués et intrigués par cette ambiance détendue et bon enfant qui semblait appartenir à la vie moderne des pionniers. A l'heure dite, par familles entières, ils s'étaient réunis dans cette immense cantine et, de toutes les tables s'étaient élevés les mêmes rires, un même bruit de conversation. Chacun se servait, débarrassait et, même, participait à la plonge. Les « kibboutznikim » (pour faire plaisir à Sacha) semblaient goûter pleinement de cette vie collective qui les dégageait des petites corvées comme la cuisine, la garde des enfants, l'assistance aux membres âgés de leur famille, mais les astreignait à des tâches souvent plus ingrates, dont ils s'acquittaient avec humilité, sans le moindre souci de la hiérarchie...

– Et ça, demanda Paul en désignant son assiette où marinait une cuisse de poulet, c'est quoi ? Une spécialité régionale ?

Laura me lança un clin d'œil avant de répondre :

– Plus ou moins... C'est du poulet à la Kiev. Casher, mais cent pour cent russe. Comme les pirojkis, les malossols, les kachas... Tu vas en manger tous les jours. Yardena est un kibboutz de Russes...

– Fondé en 28 par des révolutionnaires! renchérit Sacha. Des purs et des durs. Ils en ont bavé. Vous savez ce qu'il y avait ici ? Des marécages. Et de la malaria...

Le regard brillant d'enthousiasme, il désigna, assis à une table voisine, un homme d'une cinquantaine d'années, en tenue de travail, qui mangeait, les yeux plongés dans un livre épais.

– Regardez là-bas ce type qui bouquine, vous savez de quoi il s'occupe ? De la laiterie... C'est un ancien professeur! Et celui-là, avec ses lorgnons... du fourrage pour les bêtes. A Leningrad, il était archéologue!

Sur le même ton admiratif, légèrement exalté, Sacha entreprit une de ses démonstrations, retrouvant alors toute son énergie pour conclure :

– C'est ça, le kibboutz! Des intellectuels qui

deviennent des paysans, des médecins qui soignent gratuitement avant de partir travailler aux champs, des ingénieurs qui réparent les tracteurs... Ici, on ne rêve pas aux lendemains qui chantent. On vit son idéal. En toute liberté... Le kibboutz, c'est le seul endroit au monde où l'on construise quelque chose sans penser seulement à soi.

Il repoussa son assiette et nous regarda tour à tour gravement :

– Qu'est-ce que vous faites à Paris ? Vous allez finir vos études, vous installer, gagner de l'argent... Pourquoi ?

Michel avait la bouche pleine. Il faillit s'étouffer.

– Ben, euh...

– ... Pour vous apercevoir, comme moi, au bout de dix ans, qu'il vous manque l'essentiel : donner un sens à sa vie, être utile, aller au bout de ses idées. Tout ça, vous l'avez ici. Israël, c'est l'utopie en un lieu réel, et en pleine contradiction...

Laura l'interrompit avec douceur.

– Sacha, ils viennent d'arriver ! Laisse-les au moins manger...

Sans lui laisser le temps de protester, elle lui versa un verre d'eau et, voyant nos assiettes vides, avec des gestes presque maternels, elle nous servit les restes de kasha et de poulet. Après une telle journée et un si long voyage, nous avions tous un appétit d'ogre. Redevenu docile, Sacha alluma une cigarette, souriant de nous voir dévorer. De la cuisine parvenaient des bruits d'assiettes et de voix où je crus reconnaître une intonation russe. Notre voisin, le professeur, avait fini de dîner. Il se leva en nous adressant un petit signe amical, auquel Michel répondit avec enthousiasme. L'instant d'après, son visage se figea... Écarlate, il se pencha soudain sur la table pour balbutier...

– Sa..cha... Y a des... ARABES !

Un peu plus loin, je l'avais remarqué, bien qu'ils aient été jusqu'alors cachés par les occupants des tables voisines, se tenait un groupe de musulmans; encore en tenue de travail, ils discutaient entre eux avec animation, appuyant leur conversation de grands gestes. Leur présence, partout ailleurs, aurait semblé normale, mais dans un kibboutz, et compte tenu des événements, il y avait effectivement de quoi s'étonner... Pour une raison que j'ignore, cela fit renaître ma rancœur, comme une bouffée de rage jusqu'alors maîtrisée. Sacha m'exaspérait avec son idéal! A Paris, déjà, je le trouvais difficilement supportable quand il se lançait dans une de ses harangues et que Myriam, pourtant blottie contre moi, buvait ses paroles, émue et fascinée. J'avais beau être juif, Israël était pour moi un pays comme un autre, intéressant à visiter, neutre à mon cœur sinon critiquable, et dans lequel je me sentais étranger. Un pays, et rien d'autre. Et surtout pas une Terre promise. Promise à qui, et pour quoi? Michel insista :

– Y'a des Arabes... derrière!

– Bien sûr, fit Sacha en haussant les épaules. Ils sont nombreux à venir travailler chez nous...

Je le coupai, agressif :

– Ah oui... Eux aussi, ils veulent être utiles? Donner un sens à leur vie? Mais dis-moi, ils n'étaient pas là avant vous? Très longtemps avant?

Sacha parut surpris. Il m'observa longuement. C'était la première fois que je le contrais, surtout sur un point aussi sensible et il devait se demander d'où me venait cette soudaine véhémence. Après réflexion, il rétorqua, très calme :

– Peut-être, Simon. En tout cas, c'est ce que tout le monde croit.

– Pourquoi? Ce n'est pas la vérité?

– Si, bien sûr... Une partie de la vérité. Mais si tu

remontes plus loin encore, qui était là ? Les Arabes ou les Juifs ? Tu fais partie de ces gens qui imaginent qu'Israël s'est créé à partir de rien, après l'holocauste. Pourtant, tu vois, en 1840, lors d'un recensement, on s'est rendu compte que la communauté juive était la plus importante de Jérusalem. La seule différence, c'est qu'ils n'avaient aucun droit d'expression, aucun droit tout court, et que le monde entier ignorait même jusqu'à leur existence... Les Arabes que tu vois là, en revanche, sont israéliens. On a le même passeport. Ils votent, comme nous. Ils ont du travail... On s'entend bien avec eux, même s'ils ne partagent pas notre rêve. Il n'y a rien d'autre à dire !

Sacha se leva, me laissant à court d'arguments. Pendant son exposé, un des ouvriers arabes avait souri à Laura. Elle lui rendit son sourire et se tourna vers moi.

– C'est Wallid. Il est maçon, il habite un village à côté. C'est très beau. Je vous emmènerai...

Sacha la reprit, très sec :

– Ce n'est peut-être pas le moment, Laura.

– Pourquoi ?

Sans doute à cause de moi, elle devint cassante :

– Ah ! oui, la guerre... C'est vrai, c'est dangereux...

Lorsque Laura se mettait en colère, ses yeux s'assombrissaient et ses joues s'empourpraient, donnant à son visage un aspect presque fiévreux. Elle y gagnait en beauté et en animalité.

Elle se tourna vers moi :

– Ils disent tous qu'ils ne veulent pas de cette guerre, mais au fond, des deux côtés, on l'espère... C'est tellement plus facile de s'entretuer que de discuter ! Moi, je ne veux pas entrer dans ce jeu. Il faut tout faire pour que ce pays reste le pays des Justes... Ça, c'est une parole de Sacha. Sinon, pourquoi être venus ? Je vous emmènerai chez Wallid !

Sacha n'osa plus la contredire. Il y eut un long silence gêné, pendant lequel Paul et Michel, toujours assis, me lancèrent des regards furieux. Pour ma part, j'étais satisfait de voir Laura prendre mon parti, même si je ne partageais pas son opinion naïve sur le « pays des Justes ». Sacha et elle croyaient à des fables. Ils s'étaient laissé endoctriner pour un idéal aussi peu consistant qu'un conte merveilleux pour enfants. C'était alors mon point de vue, et j'étais prêt à le défendre lorsque deux très jolies filles, tablier sur les hanches, s'approchèrent de la table en poussant un chariot. Une blonde et une brune. Elles devaient avoir à peine dix-huit ans. La brune tendit une carafe métallique.

– *Do you want some peach juice ?* demanda-t-elle en souriant.

Elle se pencha pour poser la carafe sur la table, offrant sans le vouloir une vue plongeante sur l'échancrure de sa robe par l'ouverture du tablier. Michel devint écarlate. Les yeux rivés sur le décolleté de la fille, il se servit un plein gobelet, avant de balbutier :

– Mais c'est qui ? Je rêve ?

– Des volontaires, expliqua Sacha tandis que les filles s'éloignaient vers une autre table. Des Anglaises. Elles viennent travailler au kibboutz pendant leurs vacances.

– Des Anglaises ? De *vraies* Anglaises ?

– T'excite pas ! railla Paul. Tu ne parles pas un mot d'anglais..

Il en fallait plus à Michel pour renoncer à une jolie fille. Il repoussa sa chaise en s'exclamant :

– Moi, je parle pas anglais ?... *Thank you, very good, good morning...* Je m'appelle Shakespeare ! Michel Shakespeare !.. Hé, *Miss* ! *Miss* !

Son gobelet à la main, il se précipita vers les deux

Anglaises qui s'arrêtèrent, amusées, au milieu du réfectoire. Michel les rattrapa et se lança dans une longue discussion, ponctuée de grands gestes dont apparemment elles ne comprirent pas un traître mot. Puis, grand seigneur, il saisit la poignée du chariot, qu'il commença à pousser, suivi par les filles, hilares.

– Il s'adapte vite au kibboutz! ironisa Sacha.

Paul soupira :

– Mets-lui une fille devant les yeux, il s'adaptera à n'importe quoi!

Laura nous laissa nous reposer jusqu'à midi. Puis, après un repas frugal, elle insista pour nous faire visiter le kibboutz. Elle, que nous connaissions « parisienne », si soucieuse de son apparence et attachée à son confort, avait subi une vraie métamorphose. Laura paraissait plus femme, plus sûre d'elle; le soleil allait à son teint et la façon dont elle nouait ses cheveux dégageait son visage en soulignant la pureté de ses traits, la flamme dorée de son regard et la moue encore enfant quand ses lèvres se plissaient. Elle n'avait jamais été aussi désirable, et elle le savait. Mais d'autres changements, plus profonds, allaient nous surprendre : en quelques mois, Laura avait acquis une sérénité et un détachement des choses matérielles que je lui enviais.

Telle une paysanne attachée à sa terre, elle nous fit les honneurs du village, décrivant ses dépendances, les champs et leurs activités avec une fierté sans mesure. Vers quinze heures, après avoir visité les champs de coton, le verger, le poulailler, le hangar à tracteurs et d'autres lieux tout aussi dénués d'intérêt à mes yeux, Laura nous conduisit sous un auvent, d'où montait un concert de meuglements. Un immense troupeau de vaches s'y reposait, sans personne pour le garder.

Paul s'en étonna :

– Où ils sont, tous ?... Ils ne travaillent pas ?

Laura avait emporté une bouteille d'eau avec elle. Nous étions en nage. Elle servit un verre à chacun avant de répondre :

– A cette heure-ci, ils sont chez eux. Ils font la sieste... Ici on termine tôt. Mais on commence à cinq heures...

Michel prit un air épouvanté :

– Cinq heures ? Putain, les malheureux !

– C'est à cause de la chaleur... Mais vous allez voir, on s'habitue très vite.

Paul me regarda, avant de demander :

– Comment ça, on va voir ?

Au sourire de Laura, je compris ce qu'elle avait voulu dire. Autour de nous, les vaches meuglaient de plus belle. Il faisait aussi chaud qu'à l'extérieur, une chaleur sèche, et ma peau de roux, après quelques heures d'exposition au soleil, commençait à brûler. J'explosai :

– Quoi ? Nous aussi ? Ah, non !... On est là pour une semaine...

– Simon, coupa Laura d'une voix très douce, au kibboutz, tout le monde travaille, même les invités. C'est la règle !

J'allais de nouveau protester (moi, travailler dans un kibboutz ? Ils n'avaient pas assez de Palestiniens pour les aider ?) quand Michel intervint, ironique et ravi :

– Je leur avais dit avant de venir, mais ils ne voulaient pas me croire ! Tu vois, Simon... d'habitude, à Paris, tu manges, tu bois, et c'est moi qui paye. Ici, tu manges, tu dors, mais tu travailles... C'est comme ça !

Une grosse vache rousse tourna la tête et meugla plus fort que les autres. Comme en signe d'acquiescement...

Sacha nous rejoignit et la visite se poursuivit jusqu'à ce que le soleil commence à décliner. La nuit tombe vite en Israël, plus tôt qu'ailleurs. J'allais apprendre que, pour des questions d'ordre pratique et religieux, l'horaire officiel est calé sur deux méridiens à l'est. Cela permet aux Israéliens d'attaquer la journée dès l'aube, de profiter ainsi des bienfaits de la fraîcheur et, le vendredi, de se consacrer plus tôt au *shabbat*... Sur le chemin du retour, nous croisâmes des dizaines de *kibboutznikim* qui, comme nous, se promenaient, nonchalants, souvent par familles entières, parfois à vélo, longeant les pelouses constamment arrosées et les allées bien entretenues. Certains nous saluèrent. D'autres s'arrêtèrent pour converser en hébreu avec Sacha ou Laura, le temps d'un bref échange...

Une rivière – du nom de Yardena, comme le kibboutz – traversait le village avant de se jeter dans le lac puis, des kilomètres plus au sud, rejoindre la mer Morte.

– Tu vois, sourit Sacha, ici, même les rivières ont un destin!

Nous la suivîmes, bras dessus, bras dessous, comme au temps de nos balades en région parisienne, goûtant pleinement la pureté de l'air, les odeurs printanières qui remontaient de la rive, exhalées par des milliers de fleurs, dans une nature aux couleurs chatoyantes, véritable régal pour les yeux. Les eaux de Yardena étaient soufrées et, par endroits, d'un bleu « gris-vert » sur lequel des canards blancs et noirs évoluaient en caquetant. Des massifs de lilas d'un mauve éclatant poussaient sur la berge, mélangés aux joncs dorés et aux branches basses des arbres, aux feuilles des palmiers nains. Comment, me demandai-je, comment en un tel lieu pouvait-on envisager la guerre et s'apprêter à la mener alors que tout, alentour, appelait à la sérénité ? C'était à mes yeux un mystère insoluble et j'en voulus à Israël de drainer en moi pareils conflits tout en m'offrant ce spectacle fabuleux... Michel et Paul, quant à eux, étaient loin de se poser de telles questions. Tandis que Paul, l'âme bucolique, déclamait un poème de sa composition, où il était question de « rivière » et de « civière », d'« arbres » et de « palabres » et dont les paroles firent pouffer Laura, Michel exhiba fièrement une flasque d'alcool qu'il avait cachée dans sa poche en affirmant à la ronde qu'il s'agissait d'un authentique cognac :

– Tu l'as acheté sur le bateau ? demanda Sacha.

Michel porta la main à sa gorge, mimant le dégoût :

– Ne me parle plus du bateau, j'ai encore le mal de mer ! Ce voyage... De Naples à Athènes, je n'ai fait que vomir... Les yeux fermés, je faisais le chemin jusqu'au bastingage.

Paul m'adressa un clin d'œil. D'une même voix, on s'écria :

– Amis de la poésie, bonsoir...

Puis, par jeu, on arracha la bouteille des mains de Michel, pour la faire voler de l'un à l'autre.

– Moquez-vous, protesta-t-il. Moquez-vous !... N'empêche, c'est pour toi, Laura. Oui, pour toi que j'ai accepté ce calvaire... Parce que tu es la plus belle. Tu es encore plus belle qu'à Paris !

D'un bond, hilare, elle se jeta sur lui et fit semblant de le pousser dans la rivière. Michel se protégea la tête, pouffant et glapissant :

– Arrête ! Arrête, j'ai horreur de ça. N'empêche, je l'ai dit. Je ne le répéterai plus...

Il se dégagea vite, s'éloigna et cria :

– Mais tu es la plus belle, c'est vrai ! La plus belle, Laura, la plus belle...

Là-dessus, il prit ses jambes à son cou, Laura courant derrière lui...

Notre première journée au kibboutz touchait à sa fin. A mesure que l'heure passait, je me sentais osciller entre bien-être et animosité, savourant cette abondance d'images nouvelles et de parfums, tout en guettant l'occasion d'exprimer une fois de plus mon amertume. Celle-ci me fut donnée un peu plus tard, alors que nous étions allongés sur une pelouse, au clair de lune, entourés d'un groupe de jeunes sabras, dont l'un s'accompagnait d'une guitare pour chanter en hébreu une mélodie nostalgique. Sacha, à l'issue d'une discussion animée, voulut nous faire une démonstration de sa toute nouvelle science du combat. Il attira Paul au milieu du cercle. Tous deux se mirent en position de « close-combat ». Puis, en un éclair, Sacha saisit Paul par le col et le fit rouler dans l'herbe. La prise était impressionnante. Les doigts en forme de poignard, Sacha tint Paul en respect quelques secondes avant de se redresser, très fier de lui :

– Pas mal pour un prof de philo ? Non ?

– Ouais, pas mal, grimaça Paul en se frottant le dos. Surtout pour un non-violent...

Jusque-là, je m'étais tenu en retrait, silencieux. Mais, devant cette manifestation de violence, j'intervins, d'un ton ironique :

– Excuse-moi, Sacha... Il y a quelque chose que je ne comprends pas. C'est vrai, je ne comprends pas... Tu arrives ici, et la première chose que tu fais, c'est d'entrer dans l'armée. Dans les paras en plus ! Toi, l'antimilitariste farouche !... Le déserteur utopique. Je ne te reconnais plus...

Ma déclaration jeta un froid. Laura, souriante, se tourna vers Sacha :

– Il a raison, Sacha, tu as changé...

Puis, s'adressant à moi, toujours avec son joli sourire :

– Mais alors, toi, Simon, tu n'as pas bougé. Toujours le même. Et ton duffle-coat, tu l'as encore ?

Paul comprit d'instinct que la discussion allait tourner à l'aigre. Il voulut s'interposer, mais Laura fit mine de l'ignorer. Elle poursuivit, cinglante :

– Et comment ça va le théâtre ? Ah oui ! Il paraît que tu as fait un feuilleton à la télé.

Ce feuilleton, c'était ma honte. J'ignorais comment elle le savait, mais elle avait visé juste. Je me sentis rougir de confusion, quand Michel me porta l'estocade :

– Oui, oui, s'exclama-t-il, joyeux. Dans *Thierry la Fronde*. Ils lui ont mis un casque pointu, on aurait dit un obus !

Il se mit à siffloter l'air du générique. Laura hocha la tête, une lueur d'ironie dans les yeux.

– C'est bien !

– En tout cas, moi, si je m'étais fait réformer en France, ce ne serait pas pour aller m'engager ailleurs.

En proie aux plus vives émotions – l'humiliation, la rancœur – je n'avais rien trouvé d'autre pour me défendre. Sacha voulut alors calmer le jeu.

– Je n'ai pas choisi de faire l'armée, mon vieux... Je n'ai rien décidé. Mais vivre ici, ça veut dire se défendre. Et si tu veux te défendre, il faut apprendre à te battre...

Il prit le temps d'allumer une cigarette avant de poursuivre, songeur.

– Dans l'exil, on peut être déserteur. Mais pas ici. Ici, il n'y a plus d'ailleurs. Moi, je suis para, Simon, c'est vrai... Mais un para paysan ! Pour nous, la guerre c'est la défense de l'agriculture par d'autres engins, tu comprends ?

Comprendre ? Il n'y avait rien à comprendre. Rien... sinon que Sacha, une fois de plus, nous noyait dans les mots. Je rétorquai en riant :

– Bravo ! Là, je te reconnais : faux derche et roi de la dialectique... Et toi, interpellai-je Laura, tu ne dis rien, tu es d'accord avec ces conneries ?

Laura resta muette. A son tour, elle était blême, désemparée, confrontée à ses contradictions. Incapable de répondre, elle qui détestait la violence mais avait suivi Sacha dans un pays en guerre, elle se leva et fit quelques pas vers le lac. Michel la rattrapa aussitôt et lui prit le bras pour demander, sérieux comme un pape :

– Non, ne pars pas ! Moi aussi, j'ai une question à te poser. Une question importante...

Michel, sérieux ? C'était nouveau. Je l'observai, intrigué. Il poursuivit sur le même ton, sûr de son effet :

– Tu m'écoutes ? Alors, voilà : comment fait-on, quand on ne parle pas un mot d'hébreu, ce qui est mon cas, bien que je sois juif, pour draguer une fille dans un kibboutz ? Parce que moi, je m'excuse, c'est pas de la dialectique, mais j'ai la tige... Depuis Athènes !

Laura le regarda, sidérée, puis elle éclata de rire. Sacha la rejoignit et ils s'éloignèrent, bras dessus, bras dessous...

8

Une nuit de sommeil, dans un vrai lit, au calme, c'était tout ce dont j'avais besoin. Le matin, en me réveillant au chant du coq, dans une chambre inondée de lumière, face au Golan qui se découpait dans l'encadrement d'une fenêtre, j'allais déjà mieux et regrettais presque d'avoir brusqué Sacha. Il nous avait fait installer dans le « bungalow des invités », un petit pavillon qui méritait à peine le nom de baraque et dans lequel, malgré tout, nous avions l'eau courante.

La brume épaisse qui s'élevait du lac annonçait une journée torride, peut-être plus chaude que la veille. L'air était si dense, sans un souffle de vent, qu'une plume, en tombant du ciel, aurait sans doute décrit une ligne droite. Paul et moi étions assis sous la véranda, pas encore rasés et déjà couverts de sueur, cherchant en vain le courage de nous rendre au réfectoire pour le petit déjeuner, lorsque Laura apparut sur sa bicyclette, portant un panier de victuailles; nous accueillîmes avec des cris de joie le jus de pêche, les pots de confiture, le café fort et les tranches de pain qu'elle déposa sur la table.

– Ça va ? demanda-t-elle. Bien dormi ?

Puis elle s'étonna de l'absence de Michel. Paul expliqua en rigolant :

– Tu le connais. Il est toujours aussi timbré. Tu sais où il a passé la nuit ? Dans la cuisine, à faire la vaisselle. Il a rejoint les deux Anglaises pour les draguer, mais elles sont parties. Elles l'ont laissé finir tout seul... Alors il dort.

Laura sourit évasivement. Son regard se perdit vers le Golan. Pendant la nuit, une troupe de soldats avait monté un campement sur la route reliant le kibboutz au pied de la montagne, à quelques dizaines de mètres de la maison. Pour l'heure, ils achevaient de déplier les dernières tentes, de dérouler une frise et d'édifier un mirador, tandis que des jeeps, remplies d'hommes, s'engouffraient à tour de rôle dans l'enceinte, soulevant des nuages de poussière...

– Tu as l'air inquiet, fit remarquer Paul.

Elle acquiesça d'un hochement de tête :

– Tu vois le chemin qui monte ? A trois cents mètres, c'est la frontière. Il y a deux mois, un commando a essayé d'attaquer en passant par là...

Ma tasse de café à la main, j'observai son visage, cherchant une fois de plus à faire la part du vrai dans cet avertissement trop souvent répété. Les Israéliens préparaient quelque chose, c'était évident, mais quoi ? Je n'arrivais toujours pas à imaginer qu'une guerre pût éclater.

– Sacha dit que c'est trop calme en ce moment, poursuivit-elle. Depuis une semaine, ils n'ont pas tiré une seule fois...

– Et alors ? Tant mieux ! voulut se rassurer Paul. Ça veut dire qu'ils se calment...

– Pas vraiment. Tu sais, il y a des tanks sur toute la montagne. Chacun a son canon braqué sur un bâtiment du kibboutz. Et c'est ça le plus terrible. Se sentir observé, épié. Savoir qu'à tout moment ils peuvent donner la mort...

Soudain Laura se détendit et sourit, comme si elle

regrettait de nous avoir effrayés. Elle s'empara d'une tartine que Paul venait de beurrer, puis se laissa tomber sur une chaise, avant de regarder sa montre : « Encore cinq minutes et j'y vais ! » Dans le mouvement qu'elle fit, sa robe s'ouvrit et je ne pus m'empêcher d'admirer la finesse de ses jambes, sa peau bronzée et satinée recouverte d'un fin duvet blond.

– Et avec Sacha, demandai-je d'un ton détaché, ça va ?

Ma question la surprit. Elle acquiesça un peu trop vite, fit semblant de réfléchir, et répondit à côté :

– Il est inquiet, comme tout le monde... Les manœuvres militaires l'épuisent. C'est un miracle s'il a obtenu cette permission...

– Il espérait la passer seul avec toi, répliquai-je, volontairement acerbe. Il doit être déçu !...

Laura me foudroya du regard. Pendant une fraction de seconde je lus une telle animosité sur son visage que je me demandai si, en fait, Laura n'avait pas déjà percé mon jeu. Ses conseils de prudence, ses allusions au danger que nous courions, et même son accueil, auraient pu, alors, être interprétés dans ce sens : Laura se méfiait de moi, elle me craignait, elle voulait me voir repartir...

Elle riposta, très sèche :

– Sacha vous aime beaucoup ! Ça lui fait un plaisir immense que vous soyiez là. Autant qu'à moi... Alors, arrête tes conneries, Simon. Je ne sais pas ce que tu cherches, mais je te jure que tu ne le trouveras pas !

Paul se racla la gorge et se mit à siffloter. A ce moment apparut Michel, titubant de fatigue. Les cheveux ébouriffés, la chemise ouverte, les yeux gonflés de sommeil, il s'approcha de Laura pour l'embrasser, déclenchant un éclat de rire. Puis, en bâillant, il se laissa tomber sur les marches de la véranda.

Il s'apprêtait à nous raconter sa nuit à sa manière, lorsqu'une voix d'homme, très forte, l'interrompit.

– Je veux bien que tu aies ton orgueil, criait le type, mais il y a des limites ! C'est un boulot comme un autre. On est de corvée pour huit jours ! C'est pas long, bon sang, huit jours !...

Intrigués, nous vîmes surgir un personnage d'une quarantaine d'années, au visage buriné, chaussé de lunettes, qui tirait un mulet. L'animal, rétif, cible de ses hurlements, traînait derrière lui un chariot plein à ras bord d'ordures ménagères. Ils allaient ainsi de bungalow en bungalow, ramassant les poubelles déposées devant chaque porte.

– C'est Dan Chemtov, fit Laura... Un Français. Il vit ici depuis dix ans, ajouta-t-elle en baissant la voix. Faites semblant de rien...

Dan s'approcha et la salua d'un « *shalom* » jovial. Lorsqu'il parvint à quelques mètres de nous, on vit qu'il était borgne, son œil gauche dissimulé derrière un verre opaque. Laura fit les présentations, concluant par Michel qui s'empressa de tendre la main.

– Michel Atlan ? répéta Chemtov. Atlan... Atlan... J'ai connu une fille qui s'appelait comme ça : elle avait un cul, il fallait une brouette !...

Il attacha sa mule.

– Mais t'inquiète pas, reprit-il soudain en ricanant... C'était pas ta mère !

Il éclata d'un rire tonitruant, assorti d'une bourrade sur l'encolure de l'animal. Puis, reprenant son sérieux, il revint vers Michel :

– Atlan... Tu es d'Alger ou de Constantine ? Y'en avait pas ailleurs...

– Alger, monsieur. Rue du Lézard.

– En haut de la rue de la Lyre, alors. En dessous du marché de Chartres...

Michel paraissait désarçonné.

– Dan est le responsable du Kolbo, intervint Laura. Le magazin du kibboutz...

– Chez moi, on trouve tout ce qu'on veut! fanfaronna Chemtov. Je suis sûr que tu as besoin de quelque chose...

– Euh... du shampooing?

Michel essuya un regard critique :

– J'ai même des lames... Ici, au kibboutz, on se rase tous les jours... Allez, viens! conclut Chemtov. Je finis les poubelles et j'ouvre dans cinq minutes.

Michel hésita une fraction de seconde. Laura l'encouragea d'un clin d'œil. Sur un haussement d'épaules, il emboîta le pas à Chemtov et grimpa dans la carriole tandis que ce dernier, comme renouvelant un rituel, engueulait son mulet :

– Allez, avance... Moi aussi je pourrais faire la gueule! Il a horreur de faire les poubelles! cria-t-il à la cantonade.

– Qui aime faire les poubelles...? le taquina Laura.

– C'est vrai. Qui aime faire ça?

La carriole contourna le bâtiment et disparut en direction du campement.

J'avais posé sa photo sur ma table de chevet. Il était presque midi. Allongé sur mon lit, je la regardais, fasciné par la tristesse de son sourire, envahi par la peine qui, déjà, prenait la forme d'une nostalgie, douce et stimulante, mais encore déchirante et dans laquelle j'essayais de puiser mon énergie. Voilà, Myriam, lui dis-je. Je suis en Israël. C'est ce que tu aurais voulu... Enfin, en Israël ou ailleurs, qu'importe! Je suis avec Sacha, j'ai revu Laura. Ils sont toujours ensemble. Ils vont bien. Ils sont heureux et ils t'ont oubliée.

Mais ne t'inquiète pas, Myriam. Ne t'inquiète pas, mon amour. Je suis là pour toi!

Dehors, le silence était ponctué par le chuintement des tuyaux d'arrosage avec, de loin en loin, des appels feutrés, le grondement des camions, et, tout à côté, la voix d'un présentateur de radio qui venait de succéder au *jingle* de « Khol Israël ». La Voix d'Israël. L'émetteur national... Tout à coup, j'entendis des pas. Je retournai vite le cadre. Sacha entra dans ma chambre.

– Je te dérange ?

– Pas du tout, fis-je en mentant.

Sacha s'arrêta au milieu de la pièce, les mains dans les poches, affichant son éternel sourire.

– Il fallait que je te parle d'un truc...

– OK, vas-y !

– Tu sais, dans trois jours c'est l'anniversaire de Laura...

Je le savais, bien sûr, et c'était même la principale raison de notre visite à ce moment précis. Laura allait avoir vingt ans. Vingt ans, comme l'État d'Israël... Avant même que Sacha ouvre la bouche, je compris ce qu'il était venu me demander...

Pour reprendre ses termes, Sacha voulait faire à Laura « une surprise formidable »... Il avait décidé de la surprendre par une fête inoubliable, mais il cherchait une idée originale :

– Alors, je me suis dit que toi qui es comédien...

Je réprimai difficilement un sourire...

– Vraiment ?

– Pourquoi, ça t'emmerde de t'en occuper ?

– Pas du tout. J'ai carte blanche pour tout préparer ?

Sacha approuva, soulagé de me voir accepter. Il avait repéré des ruines, non loin du kibboutz, un endroit selon lui d'une exceptionnelle beauté, qu'il voulait utiliser comme décor, et suggérait que je m'y rende le jour même. J'acceptai avec enthousiasme.

– C'est formidable... Je suis sûr que tu t'en sortiras très bien !

Sacha s'approcha du lit. Toujours vêtu de son pantalon de treillis, avec son éternel tricot bleu, sa chaîne et sa plaque militaire pendant autour du cou, il paraissait encore plus fatigué que la veille. Ses traits tirés se creusaient de plis profonds ; de part et d'autre du nez, deux lignes rejoignaient le menton et lui donnaient une expression guerrière, un air déterminé d'homme qui a trop souffert et lutte pour sa vie. Je pensai, avec cynisme, que c'était sans doute l'apparence qu'il voulait produire. Sacha savait soigner son aspect. Aussi bien en paroles que par ses actes. Et, secrètement envieux, je comprenais que les femmes le trouvent séduisant.

– Je voulais te dire... reprit-il en hésitant.

Il s'approcha.

– Laura... ça lui fait très plaisir que vous soyez venus... A moi aussi. Mine de rien, ça use, le kibboutz... J'espère que tu ne lui en veux pas pour hier soir ?

– Si je devais lui en vouloir pour toutes les fois où elle m'a engueulé... C'est Laura, conclus-je en haussant les épaules. On la connaît...

Sacha s'était assis sur le bord du lit. Amical, il me tapota un genou, en me gratifiant d'un sourire complice. Puis ses yeux se posèrent sur le cadre. Soudain il tendit la main...

– C'est qui ? Ta petite amie ?

Son geste m'avait surpris. Je m'empressai d'écarter Sacha, de saisir la photographie.

– Eh ! qu'est-ce qui te prend ?

D'un bond, je traversai la pièce, allai ranger le cadre dans ma valise.

– Rien, répondis-je.

Je ne supportais pas l'idée qu'il la regarde. A la simple pensée d'entendre ses commentaires, ou pire, ses faux regrets, je sentais monter en moi une fureur effroyable, qui gâcherait tout si je la laissais exploser. C'était trop tôt. Pas après l'opportunité qu'il venait de m'offrir... Sacha secoua la tête d'un air blessé, puis choisit de paraître amusé. Je savais qu'il n'était pas homme à insister. Sacha se moquait des secrets des autres. Sa force résidait ailleurs : dans sa conviction, son sens de la persuasion, pouvoir dont il usait pour subjuguer ses proches lorsque cela en valait la peine. A ce moment, l'important pour lui c'était d'avoir obtenu mon aide.

– D'accord, céda-t-il avant de se lever. Je te laisse.

Planté au milieu de la pièce, je le regardai partir. De rage, j'avais envie de pleurer...

Ce même après-midi, un incident stupide déclencha une dispute qui faillit se terminer en bagarre entre Michel et Paul. Depuis notre arrivée, la tension montait, imperceptible comme la guerre en approche, mais, curieusement, aucun de nous ne savait lire les signes et lorsque Paul me raconta sa version, je n'y vis qu'un simple enfantillage. C'est vrai, à un moment ou à un autre, nous avions tous été amoureux de Laura. Mais Michel était le seul qui n'ait jamais renoncé à elle.

En se promenant dans le kibboutz, près du lac, Paul avait été attiré par un air de violon, qui semblait s'échapper de la fenêtre d'une jolie maisonnette devant laquelle jouaient des enfants. Dans le jardin aménagé en parc, les gamins de trois ou quatre ans escaladaient des toboggans, se vautraient dans des bacs à sable ou se couraient après, le tout dans un joyeux tintamarre. Soudain la musique se transforma en grincement. Intrigué, Paul s'approcha de la fenêtre. Il découvrit une jolie pièce, meublée comme une maison de poupée, avec, assis en cercle, une dizaine de gosses plus âgés qui torturaient de minuscules violons.

Debout, parmi eux, se trouvait Laura.

Paul la vit se pencher sur l'un des élèves. Elle rectifia la position de ses doigts, puis, doucement, prit l'instrument des mains de l'enfant et joua à son tour. La même mélodie, auparavant laborieuse, devint aussitôt aérienne, inspirée, tandis que Laura, les yeux miclos, se laissait emporter, soudée à son archet. Ses traits irradiaient une telle sérénité qu'ils lui conféraient une sorte de noblesse. Enivrée par la musique, Laura avait tout oublié. Sa leçon... les enfants... peut-être même le kibboutz. C'est alors qu'elle surprit le regard de Paul. Elle s'arrêta net. Puis ses lèvres esquissèrent un sourire. Elle l'invita à entrer.

Tables, chaises, lavabos... tout, dans le home d'enfants, était à l'échelle des gamins. Pour passer la porte, il fallait pencher la tête. Sur un signe de Laura, les enfants se ruèrent au dehors, rejoignant les plus jeunes dans le parc. Leurs cris et leurs rires se mêlèrent. Seule restait une petite fille, penchée sur un lavabo, occupée à se laver consciencieusement les mains.

– Alors, c'est là qu'ils habitent ? s'enquit Paul. Et la nuit, ils ne dorment pas chez leurs parents ?

Laura secoua la tête, moqueuse. Le principe, expliqua-t-elle, c'était qu'ils grandissent ensemble. Qu'ils apprennent les règles de la communauté. Qu'ils deviennent comme frères et sœurs. De la naissance jusqu'à l'armée, dans un kibboutz, personne ne quittait jamais le groupe.

– Et les parents acceptent ?

– C'est eux qui ont choisi cette méthode...

La petite fille avait fini de se laver. Elle tourna le robinet du lavabo. Laura se baissa à sa hauteur et l'aida à s'essuyer. Lorsqu'elle redressa la tête, son regard étincelait de bonheur et de fierté :

– Les enfants, ce sont les rois au kibboutz, dit-elle, pleine d'enthousiasme.

D'une petite tape affectueuse sur les fesses, elle poussa l'enfant vers l'extérieur. La petite éclata de rire et courut rejoindre ses compagnons.

Paul et Laura se retrouvèrent seuls, enveloppés dans un silence gêné. Maintenant que les enfants étaient partis, ils n'osaient plus se regarder. Pour se donner une contenance, Paul saisit une petite voiture en bois qu'il fit semblant d'observer de plus près. Mais ses gestes étaient maladroits. Le jouet lui échappa des mains et tomba à ses pieds. En se penchant pour le ramasser, il demanda :

– Tu es sûre d'être heureuse, Laura?

Un regard agacé lui répondit. Laura referma son étui à violon avant de soupirer :

– Ça va très bien! Je t'en prie, Paul... Ne fais pas comme Simon. Ne commence pas! Arrêtez, tous, avec vos airs de juges. C'est moi qui ai voulu venir ici!

– En laissant tout tomber, grinça Paul. Tes parents, tes ambitions, le violon...

Il s'avança vers elle et lui saisit les poignets.

– Regarde tes mains! Regarde ce que tu en as fait!

Le travail aux champs de coton et la vie rude du kibboutz avaient déjà laissé leurs marques sur les doigts de Laura. Elle, qui avait toujours eu la peau aussi douce que la musique qu'elle jouait, présentait une longue estafilade au pouce, et des paumes pleines de cales. Elle se dégagea et dit sèchement :

– Écoute, j'aime le violon, mais je ne veux pas en être esclave. A sept ans, on m'a mis un archet dans les mains. C'était écrit, c'était décidé : je serais violoniste comme ma grand-mère. Et bien non! Je ne veux pas qu'on décide pour moi. Moi, c'est la musique qui m'intéresse! Tu comprends? Pas le métier de violoniste!

La voix de Paul se radoucit :

– Comment peux-tu dire ça? Je t'ai vue à Pleyel.

Je t'ai vue sur scène... Tu n'es jamais aussi belle que quand tu joues...

– Je ne veux pas être belle, s'emporta Laura. Et je ne veux pas être violoniste...

Au même moment, venant du parc de jeux, plusieurs enfants traversèrent la pièce en courant et en criant. Laura caressa quelques têtes au passage, soudain attendrie, sous le regard de Paul qui, alors, demanda :

– Tu n'as pas envie de faire un enfant ?

Les gosses étaient repartis, dans un tourbillon de rires et de portes qui claquent. Laura sourit, moqueuse :

– Là ? Tout de suite ?... Non.

– Et plus tard... avec moi ?

Elle l'observait toujours, avec la même ironie.

– Je te connais, poursuivit Paul. Je vois bien que tu n'es pas heureuse. Un jour dans les champs, un autre jour avec les enfants... Qu'est-ce que tu fous ici ? Pourquoi l'as-tu suivi ?

– Parce que, lui, il me proposait autre chose, trancha-t-elle. Une autre vie, pas de faire un enfant !

Elle s'éloigna vers la fenêtre, plus meurtrie qu'elle ne voulait paraître, et ses yeux se fixèrent sur l'immensité du paysage ; le jardin, les autres demeures, la rive du lac un peu plus loin, dont le bleu tranchait si bien avec le vert du gazon, et les collines de Galilée, présence solennelle, pourtant amicale, à laquelle, croyant par son silence donner une réponse, elle voulait exprimer son attachement. Paul se rapprocha, très tendre, sans se douter qu'au même instant, à une centaine de mètres, Michel venait de se lier d'amitié avec un groupe de soldats, qu'un sergent lui avait prêté ses jumelles et que, par hasard, il les tenait braquées sur la maison d'enfants.

La voix tendue, Paul demanda :

– T'a-t-il dit au moins une fois « je t'aime » ? Une seule fois ?

Alors, dans un murmure, comme pour elle-même, Laura récita ces vers :

Au dernier homme avant de mourir, je dirai
J'ai aimé merveilleusement l'amour,
L'amour merveilleux, le merveilleux amour...
J'ai dû ramasser plein d'éclats de miroir.
Je meurs meurtrie. Et si tu te souviens de moi,
Garde mon silence pour toi...

Elle se tourna vers Paul, troublé, et ils restèrent un instant face à face, sans dire un mot. Puis Laura se blottit dans ses bras.

– Je l'aime, conclut-elle. Et, pour l'instant, c'est ça ma vie...

Touché par cette confidence, Paul lui caressa les cheveux d'un geste amical, la serra un peu plus contre lui...

Michel resta invisible pendant le déjeuner. Vers la fin du repas, alors que Paul et moi, connaissant son appétit, commencions à nous inquiéter, il apparut, les bras chargés de vêtements de travail qu'il jeta sur la table, sans prendre la peine de pousser les assiettes.

– Voilà, fit-il péremptoire. Demain, cinq heures. Tenue de travail. Au champ de coton !

Paul secoua la tête en désignant les treillis.

– C'est quoi ce fourbi ?

Il reçut en réponse un regard furibond.

– Écoute, Paul, grinça Michel. Ici, c'est le kibboutz. A chacun ses besoins en fonction de ses besoins !

Paul éclata de rire.

– Non. C'est pas ça la phrase... A chacun selon...

– Paul, il vaut mieux que tu te taises! le coupa Michel. Parce que toi, c'est à chacun selon son hypocrisie... Tu vois ce que je veux dire?

Paul me regarda, effaré. Puis il haussa les épaules :

– Non... pas vraiment...

– Ah bon! explosa Michel. Et bien moi je vais te dire. Le mot « sournois », il a été inventé pour toi... Vipère!

Il tourna les talons et claqua la porte du réfectoire, nous laissant abasourdis.

Le domaine, qui appartenait au kibboutz, s'étendait sur plusieurs hectares, exactement aux pieds du Golan, ou, pour reprendre les termes de Paul plus tard : « A portée de canon, mais alors, d'un tout petit canon!... »

En bordure du champ, depuis le matin, des dizaines de volontaires, mêlés aux *kibboutznikim*, courbés, fourbus, couverts de transpiration, et pourtant riant et chantant comme s'ils participaient à une œuvre sacrée, s'acharnaient à démêler des plants dont les plus hauts arrivaient à peine à la ceinture. Le travail, assez simple, s'effectuait à la main. Il suffisait de se baisser, d'écarter la feuille, de saisir la fleur entre le pouce et l'index et de tirer, puis de jeter le résultat de la cueillette dans un grand sac de toile que chacun portait accroché à la taille. C'était simple, mais éreintant... Au bout de quelques heures, en effet, la première douleur surgissait dans les reins. A force d'être courbé, dans une position des plus inconfortables, les muscles du dos ne tardaient pas à brûler, comme s'ils étaient déchirés, et malgré cette souffrance, il fallait de nouveau se baisser, encore et encore, jusqu'à remplir le sac avant de goûter enfin un semblant de repos, le temps de décharger le coton dans une charrette...

Au début, Michel passa sa fureur sur les plants et

les volontaires assistèrent alors à un véritable prodige : ce garçon frêle, à l'air bougon, parvenait à remplir deux sacs quand les autres arrivaient à peine à en boucler un. Mais Michel se fatigua vite. Et, tandis que les autres membres s'éloignaient pour décharger leur coton, il prit Paul à part et vida enfin ce qu'il avait sur le cœur.

– ... C'est lâche ce que tu as fait, Paul, conclut-il. C'est très lâche !

Selon lui, en prenant Laura dans ses bras, Paul ne l'avait pas seulement trahi, il avait rompu un serment. Le ton monta et, n'eût été la carrure et le calme imposant de Paul, ils auraient sans doute fini par se battre. Mais celui-ci, en fin de compte, n'avait pas grand-chose à se reprocher et il était sincère quand, pour la dixième fois, les oreilles bourdonnant des vociférations de Michel, il soupira :

– Michel, je te donne ma parole qu'on ne faisait rien !

– C'est ça ! Tu étais collé à elle comme une sangsue, mais tu ne faisais rien... C'était juste un geste amical !

A ce point de la discussion, ses hurlements attirèrent l'attention des autres, parmi lesquels les deux Anglaises, qui commencèrent à les observer, intriguées. Paul haussa les épaules et dit qu'il était trop con. Puis il s'éloigna. Michel le rattrapa et lui prit le bras :

– D'accord, je suis con ! glapit-il. Tu veux qu'on mette les points sur les i ? Alors, écoute bien : c'est pas sûr, hein !... Je dis pas que c'est sûr, mais Laura, si un jour elle se marie, ça sera avec moi ! Ça t'en bouche un coin, hein ?

Paul ébaucha un sourire :

– J'espère qu'elle est au courant...

Michel, qui en temps normal s'amusait d'un rien, avait perdu tout son sens de l'humour.

– Non, pas encore, mais tu verras, dans deux ou trois ans elle va s'apercevoir que le seul qui a du pognon, c'est moi! Et crois-moi, à un moment ou à un autre, elles comprennent toutes que le fric, y'a que ça qui compte!

Il venait, en une phrase, de résumer toute sa philosophie. Paul, qui s'était de nouveau éloigné, traînant son sac derrière lui, se retourna, hilare :

– Invite-moi au mariage, railla-t-il. Je ne veux surtout pas rater ça!

Il éclata de rire et, dans un grand geste, déchargea son coton, tandis que Michel, planté au milieu du champ, grommelait :

– Rigole bien... Tu verras!

D'après Laura, qui m'avait surpris devant les cuisines, en tenue de travail, je ressemblais à un vrai *khaloutz*, un pionnier, et le mot trottait encore dans ma tête tandis que, ma journée achevée, je m'orientais vers la maison de Steve. « Tu me connais, Laura, avais-je rétorqué. Je suis comédien à la télé. J'aime bien me déguiser... » Laura s'était aussitôt mise sur ses gardes. Elle croyait que je lui en voulais encore à cause de ses moqueries de la veille. Si seulement elle avait pu se douter... Mais elle ne tarderait pas à comprendre.

Les volets étaient fermés. Il n'y avait aucune lumière dans l'atelier de Steve. Je frappai à sa porte. Il me cria d'entrer.

Steve était américain. C'était un grand type blond, athlétique, d'une quarantaine d'années, au visage jovial. Photographe de presse, il parcourait le monde à la recherche d'images et s'était arrêté pour quelques mois en Israël. Sacha nous avait présentés, en affirmant que Steve pourrait m'aider si j'avais besoin de lumières, d'un appareil-photo ou de n'importe quoi destiné à améliorer la fête d'anniversaire de Laura.

– *Hi,* Simon ! s'exclama Steve en levant les yeux sur moi. Sans s'interrompre, il poursuivit en anglais : Tu trouveras le projecteur là-bas derrière, dans le placard. J'ai vérifié, il marche...

La pièce était plongée dans l'obscurité. En me dirigeant vers le mur du fond, je butai sur le trépied d'un spot et Steve cria :

– Tu peux ouvrir les volets, s'il te plaît ?

La lumière mourante du jour révéla un véritable laboratoire, équipé d'un agrandisseur, d'une table lumineuse, encombré de bacs, de bobines, avec, épinglées aux murs, des dizaines de prises de vue du kibboutz, du lac, des agrandissements de fleurs, d'insectes et, plus étonnant, des portraits de Laura, le tout superbement photographié. Je m'approchai des photos de Laura, que Steve avait figée dans sa vie de tous les jours, au travail dans le verger, en train de lire, de danser...

– Alors, c'est ça ton album du kibboutz ? ironisai-je.

– Ouais... Ça te plaît ?

Saisie par Steve sous ses meilleurs angles, Laura était vraiment très belle, mais le style des photos m'arracha un sourire ironique. Laura assise sur son tracteur, Laura en train de faire la cueillette du coton... Par leur naïveté, elles évoquaient un film d'Eisenstein, ou des clichés de propagande publiés à la gloire du travail rural : fille saine sur fond de champ de blés... Pendant que je détaillais son travail, Steve se leva et ouvrit la porte du placard dont il sortit une boîte en carton contenant un antique projecteur qu'il vint déposer dans mes mains.

– Qu'est-ce que tu vas en faire ? demanda-t-il.

L'appareil était lourd et paraissait solide.

– Rien... éludai-je. Pour l'instant, c'est un secret.

Une fois de plus, mes yeux se posèrent sur les photos de Laura. Steve suivit mon regard, et sourit.

– Dis-moi... Vous êtes tous amoureux d'elle, non ?

Je le fixai :

– Pourquoi ? Pas toi ?

Pour toute réponse, Steve posa la main sur mon épaule. Puis, hochant la tête, impénétrable, il murmura :

– *My friend...*

Un peu plus tard, me rendant aux cuisines, j'assistai à une scène troublante qui me laissa songeur. Pour gagner le réfectoire, il me suffisait de traverser le centre du kibboutz mais je préférais emprunter un autre chemin, plus long et plus joli, qui longeait le lac et s'enfonçait dans une petite palmeraie. J'avais ainsi l'impression de flâner, à l'ombre des arbres, parmi les massifs de fleurs, avant de me retrouver enfermé pendant des heures, attelé à des corvées fastidieuses.

C'est là que j'aperçus Sacha. Vêtu de sa tenue de travail, il avançait d'un pas déterminé, quelques mètres devant moi, s'éloignant rapidement dans la même direction que la mienne. J'accélérai, espérant le rattraper. Il ne m'avait pas vu. Je m'apprêtais à le héler quand, soudain, il bifurqua et disparut dans le jardin d'un bâtiment en lisière de la palmeraie.

Intrigué, je m'approchai. D'habitude, à cette heure, Sacha conduisait un tracteur dans les champs de coton. Alors que je n'étais plus qu'à quelques mètres de la maison, la porte s'ouvrit. Une jeune fille apparut sur le seuil. Je reconnus Judith, une volontaire italienne que j'avais déjà remarquée plusieurs fois. C'était une fille ravissante, avec de longs cheveux blond-roux, des yeux verts en amande, une bouche toujours rieuse. A cette distance, je ne pouvais pas entendre ce qu'ils disaient. Mais leur attitude ne laissa bientôt plus aucun doute. Sacha la prit dans ses bras et l'embrassa. Puis elle l'entraîna à l'intérieur.

La porte se referma sur eux.

Je repartis, les jambes chancelantes. La trahison de Sacha me laissait entrevoir des réponses à des questions que je n'avais jamais osé me poser...

L'anniversaire

9

Depuis notre arrivée, les Syriens n'avaient pas tiré une seule fois. Déjà convaincu qu'il s'agissait pour beaucoup de propagande, j'étais rassuré par ce silence et je finis par croire que les fameux canons étaient surtout une légende, née de l'imagination enfiévrée des Israéliens. En fait, ce n'était qu'un répit, le calme qui précède la tempête. La guerre était toujours en latence; pour s'en convaincre, il suffisait d'écouter les radios syrienne et jordanienne qui, jour et nuit, déversaient des torrents de haine.
Malheureusement, je ne parlais pas arabe et, même après que Dan Chemtov m'eut traduit les paroles – sans faire le moindre commentaire – je m'obstinai dans mon optimisme partisan. Pour moi, le seul fauteur de guerre, par son existence même, c'était Israël. Israël le voleur de terres, et les faux idéalistes comme Sacha!...
Le troisième jour, à l'heure de la pose, les ramasseurs de coton essuyèrent la première déflagration...

Ils étaient près de cent – volontaires et habitants du kibboutz – qui, depuis l'aube, s'obstinaient aux pieds du Golan, tandis qu'une sorte de moissonneuse, un énorme tracteur conduit par Sacha, sillonnait les plants de coton. Si l'ingéniosité d'une technologie avancée et l'acharnement de quelques utopistes étaient parvenus, en quelques années, à faire pousser des arbres fruitiers, des fleurs et des légumes sur cette terre désertifiée, cultiver le coton quand on sait la quantité d'eau nécessaire à l'éclosion de telles fleurs, semblait, en revanche, une aberration stupéfiante, même pour un profane. Mais le secret d'Israël, sa force, c'était l'irrigation. L'eau, pompée dans les lacs et les fleuves, dispersée dans le champs, avait redonné à la terre de Galilée sa fécondité première, malgré les massacres écologiques perpétrés sous l'Empire ottoman. D'une région boisée, les Turcs avaient fait une contrée désolée en utilisant tous les arbres pour construire des bateaux. Malheureusement, les Israéliens commettaient à leur tour une grave erreur en plantant n'importe quoi et le niveau du lac de Tibériade baissait à vue d'œil depuis quelques années...

A l'approche de midi, la cueillette avait enfin atteint un rythme acceptable. Tassés dans de gigantesques panières par plusieurs filles qui, inlassablement, foulaient les fleurs de leurs pieds nus, les ballots de coton dépassaient maintenant la hauteur d'homme. Le chef d'équipe décréta alors une première pause de trente minutes...

Au signal, les ramasseurs de coton abandonnèrent leurs sacs et, par groupes, allèrent s'abriter à l'ombre d'un bosquet d'eucalyptus qui bordait le champ. Un silence apaisant, ponctué de gazouillis d'oiseaux succéda au grondement des machines agricoles. Puis, bientôt, on entendit des rires, des murmures, des exclamations et des claques, l'endroit étant envahi par les mouches et les taons...

Paul et Michel avaient trouvé refuge sous le même arbre que Laura : un vieil eucalyptus au tronc massif, dont l'ombre aurait pu abriter une famille entière. Étendu sur le dos, Paul mâchonnait de l'herbe. Michel, au bord de l'épuisement, haletait et râlait :

– Le coton, moi, j'arrête, Laura. Il faut que je change... J'ai... j'ai de l'asthme...

Pour appuyer ses dires, il fit semblant d'être secoué par une quinte de toux... Laura saisit une bouteille d'eau. Par jeu, elle en versa quelques gouttes sur le visage de Paul. Michel la lui arracha des mains :

– Tu es folle de gaspiller l'eau! Donne-moi ça!

Il se mit à boire goulûment, la tête penchée en arrière, trempant sa chemise et déglutissant à grand bruit.

– Arrête Michel, le houspilla Paul. C'est pas bon, tu vas gonfler...

Celui-ci s'interrompit un instant pour le foudroyer du regard :

– Moins que ta tête de nœud!

Il continua à vider la bouteille, indifférent aux sarcasmes de Paul.

A quelques mètres, en bordure du champ, un jeune kibboutznik venait de monter sur un tracteur et tentait de le faire démarrer. Les vapeurs d'échappement déclenchèrent une nuée de protestations. Soudain intriguée, Laura regarda autour d'elle. Quelques minutes plus tôt, Sacha se trouvait à bord du même engin, tirant des panières sur le chemin étroit qui menait à la route.

– Quelqu'un a vu Sacha? demanda-t-elle.

Paul haussa les épaules. Il suivait une autre idée.

– Laura, lança-t-il, tu sais comment tu t'appelleras dans trois ans?

Ni lui ni Michel n'étaient rancuniers, mais aucun des deux n'avait oublié l'incident de la veille. Michel devint blême. Il bondit sur lui :

– Paul, tu dis un mot, je te tue! Je te jure, je te tue!...

Les mains agrippées à son col, il fit mine de l'étrangler, tandis que Paul se débattait, secoué de rires mais prêt à la riposte. Laura dut intervenir pour les séparer. Elle-même souriait. Le jeu commençait à l'amuser :

– Dans trois ans, je sais comment je vais l'appeler, glissa-t-elle, malicieuse. Je m'appellerai madame Michel Atlan...

Tétanisé, Michel ouvrit une bouche béante. Paul en avait les larmes aux yeux. Elle poursuivit, faussement rêveuse, comme si l'idée la séduisait réellement :

– Je m'appellerai madame Michel Atlan... J'aurai une belle maison, avec des meubles affreux, pleins de dorures. Je mangerai beaucoup de gâteaux au miel, et le vendredi on ira manger le couscous chez ta mère... Non, c'est pas ça?

Offusqué, Michel s'apprêtait à répondre quand, soudain, un long sifflement déchira le silence des champs de coton. Les garçons se regardèrent, sans comprendre. Brusquement, Laura se jeta sur eux et les força à s'écraser sur le sol. L'obus explosa une fraction de seconde plus tard, dans un fracas assourdissant.

Sur son tracteur, le jeune Israélien parut projeté en arrière. Il retomba, le visage collé au volant. L'obus avait embrasé l'herbe et les premiers ballots de coton, épargnant l'engin, touché seulement par les éclats. Les volontaires et les habitants du kibboutz s'étaient tous collés au sol, paralysés par la peur. Dans le silence qui suivit, venant du sommet du Golan, résonna comme un tonnerre lointain, accompagné, l'instant d'après, par le même sifflement sinistre et caractéristique. D'instinct, tous baissèrent la tête. L'obus, cette fois, explosa entre le tracteur et le champ, faisant osciller l'engin et le blessé à son bord, projetant des mottes de terre et des nuées de coton...

Sans réfléchir, Paul s'élança.

Il avait dix mètres à parcourir. Dix mètres à découvert. Laura, terrifiée, se mit à hurler :

– Paul, non ! Paul, reviens !...

Soudain, une seconde voix s'ajouta à la sienne :

– Paul, arrête ! Ils vont encore tirer...

Laura se figea.

Un peu plus loin, en retrait, Sacha avait surgi d'une panière de coton. Cheveux ébouriffés, les vêtements débraillés, il tentait en vain d'escalader les grillages, les jambes enfoncées jusqu'au genou dans le coton. Sacha connaissait les canons, on lui avait appris la guerre, et il savait qu'un artilleur tire toujours deux fois pour ajuster sa cible. Le troisième obus allait l'atteindre, il serait fatal. Mais Laura, toute peur oubliée, n'avait d'yeux que pour sa tenue défaite. Et pour la jeune fille brune, prise de panique, qui venait d'apparaître à ses côtés...

– Paul, arrête de faire le con ! cria encore Sacha.

Celui-ci avait déjà rejoint le tracteur. Il agrippa le conducteur sous les aisselles et le fit basculer contre lui puis commença à le traîner en direction des arbres. Ils n'avaient pas fait trois mètres quand, de nouveau, le canon cracha. En l'entendant, Paul se jeta au sol, et le blessé roula sous lui. L'obus, cette fois, atteignit le tracteur de plein fouet, faisant exploser le réservoir. Dans un grondement infernal, les débris incandescents volèrent de tous côtés, comme une pluie de feu et d'acier, qui cingla jusqu'à la lisière des arbres. L'herbe sèche s'embrasa, entourant les deux hommes d'un rideau de feu. Mais Paul parvint à dégager le jeune homme blessé à l'épaule, qui avait perdu connaissance dans ses bras. Il le tira jusqu'aux arbres.

Tous deux étaient saufs.

Alors, seulement, Laura détourna son regard de Sacha pour fixer le Golan. Quelque part, très loin, elle crut apercevoir une ombre. Mais l'ombre, aussitôt, disparut...

10

C'était la fête!

La veille du *shabbat* et la fête de *Chavouot*...

Devant la salle à manger, les tables dressées entre les arbres regorgeaient de nourriture et de boissons. A la lueur des lampions, les gens s'interpellaient en russe, en hébreu, tandis qu'un petit orchestre, installé sur la pelouse, accompagnait avec entrain les jeunes du kibboutz, lancés pour l'heure dans une *hora* endiablée. Les hommes portaient des chemises blanches, les femmes avaient sorti leurs plus belles robes et tout ce petit monde criait, riait, tapait dans ses mains, déchaînant un joyeux tumulte qui devait s'entendre jusqu'aux hauteurs de Golan... Quiconque n'a pas assisté à une fête dans un kibboutz ou à un mariage juif ignore ce qu'est la vraie allégresse; celle qui survit au désespoir comme une étincelle de foi et qui, au plus profond de la tourmente, permet encore de croire quand tout paraît perdu...

Issue du folklore slave, revue à la mode juive, la *hora* est une ronde qui ressemble à un tourbillon. Paul et Laura s'étaient joints à la danse. Enivrés de musique, ils se laissaient emporter par la vague, se tenant par la main, heureux comme des enfants, tandis qu'un peu plus loin, le bras en écharpe, encore un peu pâle, mais soulagé d'être en vie, Salomon, le jeune sabra sauvé par Paul, racontait une fois de plus son aventure, entouré d'un cercle d'admirateurs. Car, ce soir, il s'agissait non seulement de célébrer le *shabbat*, mais aussi de fêter une victoire contre la mort : l'obus syrien qui n'avait pas tué.

Pour ma part, je me tenais à l'écart, assis à une table en compagnie de Dan et de Michel, goûtant du bout des lèvres à ce festin... L'histoire du jeune sabra sauvé par Paul, je l'avais entendue au moins cent fois; aussi, quand Dan me désigna Salomon du doigt : « Regarde-le! Regarde le petit Shlomo... C'est le roi de la fête! » je ne pus m'empêcher de grincer :

– Je ne comprends pas. Cet après-midi, les Syriens bombardaient et, ce soir, vous dansez sous leur nez!

Dan me dévisagea comme si je l'avais insulté :

– Et alors? Qu'est-ce qu'on doit faire, se mettre à genoux, le front dans la poussière? Aujourd'hui, c'est *Chavouot*, la fête des Récoltes!...

Sur la piste délimitée par les tables, Laura venait de pousser Paul vers une ravissante jeune fille blonde. Je la connaissais de vue; elle s'appelait Shoshana. Accroché à son bras, Paul se laissa entraîner dans la ronde, déjà conquis par son enthousiasme, la robe de Shoshana virevoltant autour de lui...

– On danse toujours pour *Chavouot*, poursuivait Dan. Depuis deux mille ans! Alors nous, on danse. Et t'inquiète pas, ils comprennent très bien le message...

– J'espère qu'ils le comprennent, grommela Michel. Parce qu'avec toutes ces lumières, ils peuvent tirer quand ils veulent!

Je rétorquai, acide :

– Ils ont peut-être leurs raisons...

Les mots étaient sortis de ma bouche sans que j'y prenne garde. A vrai dire, je ne savais plus que penser, ni qui avait tort, et ce soir, plus que jamais, j'aurais voulu avoir la paix, et surtout ne pas entamer ce genre de débat. Mais ma remarque eut le don de mettre Michel en fureur. Il bondit littéralement :

– Oh, toi, quand tu auras fini avec ta provoc!

– Pourquoi ? répliquai-je. C'est de la provoc de dire qu'ici c'était aussi la terre des Palestiniens ?

Dan Chemtov intervint d'un ton très calme :

– En 48, ils sont partis. Ils ne voulaient pas vivre à côté de nous. Qu'est-ce qu'on pouvait faire ?

Je le fixai dans les yeux :

– En tout cas, pas les massacrer pour les faire fuir!

– Qu'est-ce que tu racontes ? soupira Michel.

J'avais lu – et c'était chose courante d'en parler au lycée – que les Israéliens, pendant la guerre d'indépendance, ou en 1956, je ne savais plus, s'étaient vengés sur des villages entiers, éliminant femmes et enfants. Mes sources valaient ce qu'elles valaient, car, déjà en 1967, sévissait en France un mouvement propalestinien plus que virulent, mais je ne croyais pas qu'il y eût de fumée sans feu. Mon sens de la justice se révoltait à l'évocation de ce peuple opprimé, dépouillé de ses terres. Israël, le pays des Justes ? Les Israéliens essuyaient peut-être des tirs de canons, mais cela ne les empêchait pas de danser, insouciants et arrogants comme toujours et, tandis que Paul, enlacé à sa jolie blonde, attaquait une allègre mazurka, je jetai, avec défi :

– « Dar Yassin ! » Trois cents Palestiniens, tous civils, tous morts, exterminés... Pourquoi ? Il n'y avait pas de place pour tout le monde ?

Dan m'observa longuement, le regard meurtri, puis, sans un mot, il repoussa sa chaise et quitta la table. Je m'en voulus aussitôt. Dan était un homme simple et brave, sans prétentions, tout le contraire de Sacha, et je regrettais de l'avoir blessé. Michel, quant à lui, suffoquait d'indignation :

– Tu sais d'où il vient? explosa-t-il. Toute sa famille est morte en Algérie : son père, sa mère, sa sœur, tués dans un attentat!... C'est pour ça qu'il est venu ici. Et tu lui parles de massacre?

Il se redressa à son tour, manquant de peu renverser une bouteille sur la table, et rejoignit Dan, qui s'était approché du buffet.

– Excuse-le! dit-il d'une voix assez forte pour que je puisse l'entendre. C'est un acteur... Faut toujours qu'il ramène sa gueule!

Les épaules voûtées, Dan secoua la tête. Il se servit un verre de vin, qu'il vida d'une seule gorgée. Puis, brusquement, il se tourna vers moi.

– Tu as raison, articula-t-il, la voix vibrante d'émotion. Oui, tu as raison! La fraternité, la paix, moi aussi j'y crois... On n'a jamais voulu construire ce pays sur la haine. Moi aussi, je voudrais que les frontières soient ouvertes, qu'on leur tende la main, qu'on se parle... Mais il faut regarder la réalité en face. Tu as entendu le dernier discours de Nasser?

Il fut interrompu par un tonnerre d'applaudissements. Debout sur leur podium improvisé, les musiciens remerciaient, forçant sur les courbettes, tandis que les danseurs se dispersaient. La tenant par la taille, je vis Paul conduire sa conquête vers une table. Au passage, il salua Dan et m'adressa un clin d'œil. Je me forçai à lui répondre par un sourire. Dan finit de remplir son assiette et se retira en compagnie de Michel.

Un instant plus tard, Laura complètement essoufflée s'assit à côté de moi. En riant, elle prit mon verre des mains et le vida d'un trait. Puis, de la tête, elle désigna Paul qui riait à gorge déployée :

– Tu l'as vu? C'est incroyable... Tu as vu comment il dansait tout à l'heure?

J'approuvai en silence, sans la regarder. Mes yeux

n'arrivaient pas à se détacher de cette foule insouciante. J'étais meurtri. Non à cause de Dan, ou des propos un peu vifs que je venais d'échanger avec Michel, mais parce que la solitude, soudain, me paraissait intenable. Tout aussi insupportable, la musique me heurtait; et les rires et les cris, et même le chant des cigales, que l'on percevait par à-coups, aux instants d'accalmie, me semblaient déplacés, comme une fête barbare, perpétrée en plein deuil. J'étais seul. J'avais mal. Le sourire de Laura me blessait. J'en voulais à Israël... Et Myriam me manquait.

Le regard de Laura s'assombrit.

– Qu'est-ce qui t'arrive? Tu as l'air triste. Remarque, ça te va bien le côté ténébreux. Tu es très beau. Allez, viens, tu aimais danser à Paris...

Elle essaya de m'entraîner par la main.

– A Paris, soufflai-je, il y avait quelqu'un avec qui j'aimais danser...

Laura réagit comme si je l'avais giflée. Je sentis ses doigts se crisper. Une immense tristesse envahit son visage. Elle marqua un silence, puis :

– Ce n'est pas parce qu'on ne parle plus d'elle qu'on n'y pense plus, dit-elle d'une voix très douce.

– Vraiment?

Mon ironie n'avait pas dû lui échapper car, brusquement, elle lâcha ma main...

La musique avait repris de plus belle. J'aperçus Paul qui, de nouveau, emmenait Shoshana. Ils commencèrent à danser, serrés l'un contre l'autre, puis, comme l'accordéon, la guitare et les flûtes se lançaient dans un tourbillonnant crescendo, Paul se détacha pour se livrer à un effarant numéro de danse cosaque sous les applaudissements et les sifflets des autres danseurs qui l'entouraient. C'était plus que je n'en pouvais supporter. Je plantai Laura à la table et, sans savoir où j'allais, je disparus dans la nuit...

Mes pas m'avaient conduit au bord du lac, sur une petite plage de sable où, le soir, les pêcheurs tiraient leurs chaloupes. Deux gardes étaient en faction. Ils me reconnurent et me saluèrent. Je marchai encore quelques mètres. A la lueur des étoiles, les barques ressemblaient à des carcasses d'animaux. Je choisis la plus proche de l'eau pour m'asseoir.

Les bruits et la musique de la fête me parvenaient encore, mais étouffés, comme un tapis sonore. Un vent léger soufflait, ridant la surface de l'eau. Il faisait doux. Presque frais. Pendant un long moment, je restai là, immobile, sans penser à rien, observant le reflet de la lune qui dansait au milieu du lac, et les contreforts du Golan qui, en pleine nuit, formaient comme des remparts entre la terre et les étoiles et dont la forme obscure paraissait s'étendre à l'infini. Tout était paisible et j'étais bien...

Puis les images et les questions affluèrent. Souvenirs de quelques mois de bonheur, pensées obsédantes. Refus du temps qui s'écoule. Terreur de l'inévitable déjà accompli.

Par mon attitude, je passais à côté de vrais instants de joie, mais comment aurais-je pu agir autrement ? Était-ce ma faute si, à vingt ans, et sans savoir pourquoi, j'avais perdu mon seul amour idéal, la seule fille qui m'ait jamais fait rêver ? J'étais conscient que le lot d'amertume qui me portait depuis se muait peu à peu en hostilité pure. Mais je cherchais un coupable. Et de quelle autre manière aurais-je pu perpétuer le souvenir de Myriam ? En adoptant l'idéal de Sacha, parce qu'elle-même l'approuvait ? Elle était morte. Et tout le monde s'en foutait. Laura, malgré ce qu'elle pouvait prétendre. Michel et Paul qui, de tout le voyage, n'avaient pas prononcé son nom une seule fois. Sacha, qui...

Surtout Sacha !

Les poings serrés, je me balançai d'avant en arrière, sentant monter les larmes. Au lac et aux étoiles je demandai une fois encore : « Pourquoi, Myriam... pourquoi... pourquoi ? »

C'étaient des questions auxquelles ni le lac, malgré son passé sacré, ni les étoiles, ni moi-même, étions capables de répondre et qui, bientôt, me firent haïr mon isolement, comme tout à l'heure je détestais la solitude, et méprisais l'amusement de la foule. Alors, lentement, je me levai et, les mains dans les poches, traînant les pieds, je retournai vers le centre du kibboutz...

Après avoir contourné la fête, je parvins devant l'entrée principale du grand réfectoire. A l'intérieur se déroulait une sorte d'assemblée, dont le brouhaha filtrait à travers l'ouverture des fenêtres. C'était sans doute une de ces réunions qui, chaque vendredi soir, permettent aux habitants du kibboutz de participer activement à la vie du village, de donner leur point de vue sur l'avenir de la communauté, de présenter leurs requêtes personnelles et, parmi les invectives, je crus identifier la voix de Sacha. Il paraissait en colère. Mais j'ignorais le sujet du débat.

Intrigué, et sachant que les assemblées du kibboutz ne sont pas ouvertes à tous, je commençais à m'approcher lorsque j'aperçus une silhouette cachée dans le renfoncement de la porte. Elle bougea vers la lumière. Je reconnus Laura.

A ce moment, j'ignorais encore tout de la scène pénible qui, cet après-midi même, avait été surprise par Laura. Sans savoir pourquoi, je restai là, curieux, dissimulé derrière le tronc massif d'un vieil olivier. Laura entra, laissant la porte grande ouverte et je vis enfin Sacha, debout, face aux responsables du kibboutz.

– C'est ça, être pionnier ? haranguait-il, comme finissant un discours. C'est ça être pionnier ? Discuter de la couleur des rideaux ?

Un homme d'une cinquantaine d'années, aux cheveux blancs, qui devait être le *maskir*, le secrétaire général du kibboutz, interrompit Sacha par un geste de la main.

– Sacha, je dois te rappeler que la démocratie, chez nous, c'est le débat, la décision collective. Et ça, depuis la création du mouvement kibboutzik. C'est la base de notre vie en commun...

– Ce n'est pas la démocratie que je remets en cause, riposta Sacha. C'est l'objet du débat en ce moment de tension. Le monde entier nous regarde, et nous, qu'est-ce qu'on fait ? On discute de la couleur des rideaux ! C'est ça la grandeur ?

Un éclat de voix furieux l'interrompit :

– Mais qu'est-ce que tu connais, toi, à la grandeur ?

Tous les regards se portèrent sur Laura qui, jusqu'alors, s'était tenue dans un coin de l'entrée. Tremblante de rage, elle s'avança, le doigt pointé sur Sacha :

– Qui es-tu pour leur donner des leçons ? De quel droit veux-tu leur interdire de parler des rideaux ? Tu vas dire, toi, Sacha Rosen, à Sarah qui a perdu toute sa famille à Auschwitz, à Moshe, qui s'est battu à Varsovie, qui a connu Treblinka, et à tous les autres, tu vas leur dire, toi, ce qu'est la grandeur ? Pour eux, l'idée la plus merveilleuse, c'est d'avoir le droit de vivre. Les mots, Sacha, pour ça tu es le plus fort ! Les mots et le mensonge ! Mais eux, tout ce qu'ils veulent, c'est vivre, simplement vivre !

La voix de Laura se brisa dans un sanglot. Je ne la voyais que de dos, mais je devinais son regard, méprisant à faire mal, rivé sur Sacha. Il y eut un silence. Quelqu'un, dans l'auditoire, toussa. Puis le maskir, très calme, reprit :

– Si tu as fini, Laura. Je propose qu'on passe au vote en ce qui concerne les rideaux...

– Bien sûr, dit-elle humblement. Excuse-moi.

Elle tourna les talons et quitta la salle. Aussitôt, le bourdonnement reprit. Le cœur n'y était plus, mais sur l'ordre du maskir plusieurs doigts se levèrent. Les rideaux seraient bleus!... Un instant plus tard, la porte claqua de nouveau. Sacha rattrapa Laura dans l'allée et la saisit par le bras :

– Ça te fait plaisir de m'humilier devant tout le monde ? Qu'est-ce que je t'ai fait ? Que se passe-t-il ?

Laura se dégagea d'un geste brusque. Je crus qu'elle allait le gifler mais elle se contenta de le toiser, reculant d'un pas.

– Comment oses-tu parler de grandeur, cracha-t-elle ? Tu peux les manipuler avec ta belle gueule et tes belles paroles. Tu peux tromper tout le monde mais pas moi. Moi je sais qui tu es, je sais tout de toi !

Elle tourna les talons. De nouveau, Sacha la rattrapa.

– Attends !

Soudain Laura parut épuisée. Elle secoua la tête, au bord des larmes. Sa voix, cette fois, fut à peine un murmure :

– Non, laisse-moi... Ce soir je fais chambre à part...

Avant de disparaître, elle ajouta :

– Avec toi, et avec le kibboutz !

– Vous vous souvenez comment Sacha s'endormait n'importe quand et n'importe où ? Comme cela nous faisait rire ?

Laura sourit tristement, puis, à nouveau, regarda la rivière qui coulait à ses pieds.

La fête était finie depuis longtemps et je n'ai jamais su quel hasard avait conduit Michel et Paul vers ce ponton, à une heure où le kibboutz entier dormait, ni quel instinct m'avait poussé à emprunter ce même chemin. Mais leur soudaine apparition ne m'avait pas davantage surpris que Laura... *Ici, même les rivières ont un destin!* C'était une parole de Sacha. Et Yardena était un si joli nom pour un cours d'eau... Je ne crois pas qu'il s'agissait d'un pressentiment. On ne pressent que les instants tragiques ou graves... Quoi qu'il en soit, nous étions là, tous les quatre, ensemble... « Les Déserteurs » et Laura, comme autrefois, à Paris...

La voix rêveuse, le visage masqué par l'obscurité, Laura reprit :

– Vous savez pourquoi il s'endormait? Son père était veilleur de nuit. Il était très vieux, et, pour qu'il puisse se reposer, Sacha faisait les rondes à sa place pendant des nuits entières. Et le matin, il allait directement au lycée... Elle émit un petit rire : Il ne sait même pas que je le sais. C'est son père qui me l'a raconté : « Je vais te di*rr*e la vé*rr*ité La*rr*a »... Il parlait comme ça, en roulant les « r »... « Je vais te dire, Lara. Sacha est un garçon merveilleux. Je sais que tu l'aimes. Mais il faut que tu saches pourquoi tu l'aimes »... C'est comme ça qu'il m'appelait : Lara, avec son accent hongrois...

Elle se tut, balança lentement ses jambes. Que dire de plus? Sacha l'avait déçue, mais elle l'aimait encore, peut-être même davantage. Elle l'aimerait toujours, et pour cela, il n'était pas nécessaire de s'accrocher aux mots. Sous le débarcadère, la rivière s'écoulait lentement. Je compris alors que la nuit nous apportait une trêve, un de ces instants précieux, presque magiques, où les ressentiments s'apaisent et où l'amitié reprend ses droits...

Soudain Laura se redressa. D'un geste rapide, elle défit les boutons de sa robe et l'enleva. Elle ne portait rien dessous et sa silhouette nue se découpa à la lueur de la lune. Sa peau luisait. Elle avait la chair de poule.

Laura nous regarda en souriant :

– Qu'est-ce que vous attendez? Un bain de minuit, ça ne se prend pas toute seule!

Puis, sans nous laisser le temps de revenir de notre stupeur, elle s'élança vers l'eau sombre.

Ce fut comme un signal. Michel se déshabilla. Il fut le premier à la rejoindre, aussitôt suivi par Paul et par moi. L'eau était chaude, elle exhalait une odeur de soufre, mais c'était un délice. Bientôt, la rivière ne fut plus habitée que par nos rires et nos cris. On s'éclaboussait, on barbotait, Michel piqua une tête et réapparut un peu plus loin en s'exclamant :

– Putain ! Qu'est-ce qu'elle est bonne !

– Un peu de respect, s'il te plaît ! ricana Paul. Te rends-tu compte qu'un peu plus loin Jésus a marché sur l'eau !

Michel se redressa pour regarder autour de lui, faussement affolé :

– Ah bon ! Moi je vois pas de traces de pas...

Sa boutade s'acheva dans un borborygme. Paul venait de lui enfoncer la tête sous l'eau... Laura s'éloignait de la rive. Elle se mit sur le dos et se laissa porter par le courant. Son corps, très blanc, tranchait avec le noir profond de l'eau. Une fusée de reconnaissance lancée par des soldats éclaira alors brièvement le ciel. D'un crawl vigoureux, Laura revint à notre hauteur. Désirable. Insaisissable. Sa voix, soudain, couvrit nos rires :

Quand tu aimes, il faut partir...

C'était notre poème. Le poème. Les vers de Cendrars... Nous fîmes cercle autour d'elle, battant des pieds pour garder le visage hors de l'eau. Paul reprit, d'une voix plus forte :

Le monde entier est toujours là.
La vie pleine de choses surprenantes...

J'enchaînai, imité par Michel :

Quand tu aimes, il faut partir
Quitte ta femme, quitte ton enfant...
Quitte ton ami, quitte ton amie.
Quitte ton amante, quitte ton amant.
Quand tu aimes il faut partir !...

La rivière était devenue un théâtre, une scène au ras de l'eau, où nos voix se mêlaient, se chevauchaient maladroitement, comme au temps émouvant de la préparation du spectacle... *Et toi, Myriam, tu es partie. Pourtant, m'aimais-tu vraiment ?*

A la fin du poème, Laura s'empressa de regagner la rive. Accrochée au ponton, elle se tourna vers nous :

– Les garçons... dit-elle gravement. Quoi qu'il arrive, où qu'on soit, quoi qu'on devienne, cette nuit... jamais il ne faudra l'oublier !

11

Perché au sommet d'une colline, le village arabe se trouvait à une vingtaine de kilomètres. On s'y rendit le lendemain, un samedi, jour férié en Israël. Laura prit le volant de la Land Rover de Sacha. A la dernière minute, Steve, bardé d'appareils photographiques, se joignit à nous.

La route, d'abord large et dégagée, se transforma bientôt en un chemin de montagne, sinueux et escarpé, dominant par endroits un vallon profond. On roula ainsi pendant près d'une demi-heure, ballottés, peu rassurés, les roues du véhicule projetant une multitude de caillasses dans un nuage de fumée ocre. Enfin les premières habitations apparurent. De jolies maisons blanches, de forme mauresque, ouvrant sur des petits jardins, séparées par une rue étroite. Je m'attendais à découvrir un « gourbi ». Je fus presque surpris par l'aspect pimpant du village. La rue était propre. La plupart des maisons surmontées d'antennes. Ça sentait bon les épices et le romarin. Un groupe d'enfants courut vers nous en entendant le bruit du moteur. Certains avaient reconnu Laura. Ils lui firent fête en poussant de grands cris. Elle dut ralentir son allure. Un gosse s'agrippa à la portière pour lui serrer la main...

Seul Michel ne semblait pas à son aise. Il avait passé le trajet à se plaindre. Lorsque, enfin, Laura immobilisa le véhicule, il maugréait encore :

– Je vous rappelle que Sacha a dit que c'était dangereux...

– De quoi as-tu peur ? rétorqua Paul. Des gamins ?

Une porte venait de s'ouvrir. Un homme en djellaba apparut sur le seuil. Je reconnus Wallid, l'ouvrier qui travaillait au kibboutz, l'ami de Laura. Il s'avança en nous ouvrant les bras :

– *Salam ou alekoum!*

– Wallid ! s'exclama Laura. Tu vois, je t'avais promis. Nous sommes venus...

Wallid commença par nous faire les honneurs de sa maison. Il présenta sa femme, sa sœur, ses enfants. Il émanait de tous une réelle chaleur, une joie de nous accueillir... Wallid dit quelque chose en hébreu à Laura. Elle se tourna vers nous et traduisit :

– Il nous remercie d'avoir accepté son invitation. Il dit que notre visite lui réchauffe le cœur. Surtout en ce moment.

Ses enfants riant, gambadant autour de nous, Wallid nous conduisit dans un patio, à l'ombre d'une tonnelle où avait été dressée une longue table basse. Devant nous s'étalait une profusion de plats multicolores, remplis de mets divers, aux fumets d'autant plus alléchants qu'il était plus d'une heure et que personne n'avait mangé. On prit place sur des coussins. Laura désigna les plats par leurs noms : houmous, pitotes, trina, kebab... Sur un signal de Wallid, chacun s'empressa de faire honneur à la cuisine de la maison.

Ce n'est qu'un peu plus tard, une fois rassasiés, que commencèrent les conversations. L'épouse de Wallid – une femme entre deux âges, très mince, plutôt jolie, toujours souriante – servit le thé. Un parfum de menthe chaude envahit le patio. Laura s'étira, heureuse :

– On est bien, non ? On a l'impression que le temps s'est arrêté. Il y a deux mille ans, c'était pareil... Sans l'Orient, sans toutes ces traditions, le pays ne serait pas le même. Ici, tout est simple... Il fait chaud au soleil, il fait frais à l'ombre...

– Et la nourriture est bonne ! ajouta Michel en mordant dans une grappe de raisin. Tu sais que tu parles comme une vraie séfarade... Il agita les mains et força soudain son accent : Ma mère, elle va être contente...

Un muret délimitait l'extrémité du patio. Au-delà, s'étendait le paysage de collines que nous venions de traverser. Des terres jaunes et arides, quadrillées de zones d'un vert dense. Un troupeau de moutons remontait lentement le coteau.

– Finalement, fis-je avec ironie, au lieu de prendre la terre aux Arabes, les Israéliens auraient mieux fait de prendre leurs traditions, non ?

Michel avait déjà levé les yeux au ciel. Paul grommela :

– Toi, en tout cas, ta connerie, tu l'as prise à personne !...

J'allais répliquer, conforté par la présence de Wallid. Mais, à ce moment, sa femme nous rejoignit. Elle paraissait curieusement excitée. A grand renfort de gestes, elle invitait Laura à la rejoindre sur le seuil de la maison. Celle-ci se leva, encouragée par Wallid. Les deux femmes disparurent dans l'ombre de la demeure.

Puis les conversations reprirent, d'une banalité affligeante, axées cette fois sur les bienfaits de la cuisine orientale. Tout en parlant, ils n'arrêtaient pas de picorer. Michel avait le menton dégoulinant d'huile et de houmous. A croire que mes compagnons ne s'intéressaient qu'à la bouffe. Frustré, je décidai de me tenir à l'écart...

– Ça change du kibboutz, était en train de dire Michel. J'en avais marre de leurs cornichons. Je vais venir ici tous les jours. Voilà ce que j'appelle de la vraie nourriture ! Chaude, à l'huile, avec du vrai pain... Wallid, je me régale !

Soudain il se figea, les yeux écarquillés et fixés sur l'entrée de la maison. Je tournai la tête. L'apparition de Laura faillit m'arracher un cri d'admiration...

Maquillée à l'orientale, elle avait troqué ses vêtements du kibboutz pour une robe palestinienne, une toilette magnifique, taillée dans une étoffe noire, richement brodée et incrustée de paillettes : un habit de princesse. Avec beaucoup de grâce, elle s'avança vers la table, suivie de la femme de Wallid, aussi émue qu'intimidée. Celle-ci prononça quelques mots en arabe. Wallid traduisit en hébreu. Puis Laura en français :

– C'est un cadeau pour mon anniversaire. Elle me la donne. C'est la robe de mariage de sa grand-mère. Il paraît que, chez eux, les femmes passent toute leur vie à la broder...

Deux pensées contradictoires se bousculaient en moi. J'avais envie de la complimenter. De lui dire qu'elle était belle. La plus belle. Qu'elle ne l'avait jamais autant été... Mais, dans le même temps, sa beauté, justement, m'exaspérait. Le décor, le costume, me rappelaient ces vieux clichés de l'époque coloniale. Le temps de l'amitié hypocrite et de la condescendance. Je voulais lui faire mal, la blesser.

Dans le silence qui suivit, j'applaudis lentement, affichant sur mon visage tout le cynisme que je pouvais puiser au fond de moi.

Laura comprit le message. Elle me foudroya du regard. Sa voix claqua :

– Arrête, Simon ! Tu ne m'auras pas à ce jeu-là. Je sais exactement ce que tu cherches...

– Non ! répondis-je en souriant. Non. Laura, tu ne sais pas ! Personne ne sait ce que je cherche...

Le lendemain, on nous attribua une autre tâche. Il ne s'agissait plus cette fois de participer à la vie du kibboutz, mais de collaborer activement à sa défense et, bien que rechignant, je me retrouvai affecté au remplissage des sacs de sable, en compagnie des autres volontaires.

Au centre du kibboutz, les camions militaires n'arrêtaient pas d'aller et venir, déchargeant leur cargaison d'armes et de soldats. A peine le pied posé sur le sol, les hommes se ruaient vers les casemates qui leur étaient affectées, les uns transportant des caisses, d'autres des fusils, le tout dans un désordre effroyable, échangeant des ordres qui semblaient sans cesse se contredire. Et pourtant... Pour moi, les signes devenaient évidents. Israël s'apprêtait à faire la guerre !

Loin de ce genre de préoccupations, Michel et Paul poursuivaient leur travail de bonne grâce, entourés des deux Anglaises et de Shoshana. Une pelletée de sable, un coup de pied pour tasser, il ne restait plus qu'à refermer le sac, ce dont les filles se chargeaient. Et, chaque fois qu'elles se penchaient, c'était un moment d'émerveillement pour Michel, en extase devant l'opulente poitrine de son Anglaise préférée :

– *Quick*, Margaret, allez, bourre... bourre ! Putain ! Ces nichons ! Comment elle fait pour respirer ?

Je m'accordai un instant de pause. Le sable s'infiltrait partout, dans mes vêtements, dans mes narines. Le soleil m'aveuglait. J'avais des ampoules plein les mains. Les soldats continuaient de courir en tous sens... Une fois de plus, je maudissais ma présence dans ce pays.

Pendant que je m'épongeais le front, j'entendis

Paul faire sa cour à Shoshana. Depuis le soir du *shabbat*, il ne ratait plus une occasion de se retrouver avec elle. Je le soupçonnais même de s'être porté volontaire pour cette corvée quand il avait appris qu'elle y participait. Il faut reconnaître qu'à la lueur du jour, Shoshana était vraiment ravissante. Un corps épanoui de femme vivant en pleine nature. La peau dorée. Une cascade de cheveux blonds, soyeux, encadrant une frimousse de petite fille où perçaient des yeux immenses, d'un bleu presque transparent. Elle riait à tout propos. Et sa voix était un enchantement. Dans un anglais hésitant, Paul lui expliquait les raisons pour lesquelles il faisait médecine :

– C'est mon père qui m'a forcé. Moi, je voulais être joueur de flûte... Dis-moi, ça te plairait de vivre avec un joueur de flûte ?

Shoshana gloussa. En guise de réponse, elle lui tendit un sac ouvert. A contrecœur, Paul y plongea une grande pelletée de sable. Il insista en souriant :

– Et si je t'embrassais ?

Tout à coup, je regardai ma montre. C'était incroyable, mais j'avais presque oublié. Il était une heure, et rien n'était encore prêt...

– Alors, on tire sa flemme ? me houspilla Michel.

Je lui lançai ma pelle.

– Il faut que je passe chez Dan. Il a trouvé du champagne...

– C'est ça, tous les prétextes sont bons...

Sans un mot de plus, je le plantai là.

C'était le jour de l'anniversaire de Laura...

Sacha n'avait pas menti en affirmant qu'il s'agissait d'un lieu unique ! Les ruines de l'ancien château des croisés étaient d'une beauté à couper le souffle. Planté au sommet d'un ballon rocheux, dominant, au loin, la vallée du Jourdain, ce n'était plus qu'un amoncellement de pierres blanches, envahies par les herbes, encerclé de grandes arcades ouvertes à tous les vents, mais il résidait dans cette architecture ravagée bien plus qu'un éclat temporaire, une sorte de majesté. D'un côté, la plus grande arche formait comme un cadre aux premiers contreforts du Golan. De l'autre, exactement délimitée par deux arcades, se découpait la mer de Galilée. Pour accéder aux ruines, il suffisait de gravir une petite route, mieux entretenue que celle qui, la veille, nous avait conduits au village arabe. Ce qui m'amena à conclure, le plus froidement du monde, que les Israéliens respectaient davantage en Palestine les monuments historiques que les descendants du peuple qui les avait construits... Une fois de plus, j'étais d'une mauvaise foi évidente. Il me faudrait des années pour comprendre et admettre que les Arabes, en Israël, bénéficient d'un confort bien supérieur à celui de leurs frères dans les pays limitrophes...

Je passai le reste de la journée à préparer l'anniversaire de Laura. Sacha m'avait laissé carte blanche. Puisant l'inspiration dans l'atmosphère quasi sacrée de ces ruines, je laissai libre cours à mon imagination...

Entre les arcades, je tendis d'immenses draps blancs qui, une fois posés, se mirent à flotter au gré du vent. Cette seule opération me prit des heures de patience, jusqu'à la tombée de la nuit. Je pus alors, en toute quiétude, assister au spectacle exceptionnel que m'offrait la nature. Le coucher de soleil embrasa la plaine tout entière, la montagne derrière moi et jusqu'aux ruines dont les pierres blanches se mirent à rougeoyer comme de la lave en fusion. Puis, brusquement, l'obscurité envahit cette portion du désert. Je repris mon travail à la lueur d'une lampe de poche. Sur la margelle d'un puits, placé au centre de la construction, j'installai une table, recouverte d'une nappe brodée empruntée au kibboutz. J'avais également trouvé plusieurs chandeliers, que je disposai en cercle sur la nappe avant d'allumer les bougies. Tout autour, sur les draps et les colonnes, des ombres immenses prirent alors vie, inquiétantes, plongeant l'ancien palais dans une ambiance surréaliste, bougeant au moindre coup de vent. Le résultat dépassait mes espérances.

Enfin, dans un coin, à l'abri des regards, j'installai le projecteur, relié à un petit générateur que m'avait prêté Sacha... Ce serait ma surprise personnelle pour Laura!

Paul et Michel arrivèrent les premiers, vers huit heures, les bras chargés de victuailles. Michel avait apporté un vieil électrophone et quelques disques. Paul présenta fièrement un énorme gâteau d'anniversaire. « Kasher, précisa-t-il en riant. Garanti sans graisse de porc!... » Puis il disposa la bouteille de champagne, les verres et une pleine corbeille de petits fours. Enfin, avec des gestes presque hiératiques, Paul et Michel déballèrent leur cadeau...

Il ne manquait plus que Laura et Sacha. Quelques minutes plus tard, on entendit un moteur. Puis des phares trouèrent l'obscurité. Michel s'empressa de brancher l'électrophone, portant son choix sur un disque des Platters, son groupe préféré... Sur les premières mesures de *The Great Pretender*, Laura fit son entrée au bras de Sacha.

Elle tomba en arrêt, éblouie, tandis que d'une même voix, nous hurlions :

– Bon anniversaire!

Laura avait revêtu une robe rouge, toute simple, qui lui seyait à merveille. Elle était à peine maquillée. Les yeux brillant de plaisir, elle fit le tour de la table en s'exclamant :

– Vous êtes complètement fous! Mais d'où sortez-vous tous ces trésors? Comment avez-vous fait?

En se retournant, elle se raidit. A côté du gâteau d'anniversaire, elle venait de découvrir le cadeau de Paul et Michel : son propre violon, dans un étui. Le Stradivarius offert par ses parents, sur lequel elle jouait au Conservatoire. Il avait voyagé avec eux depuis Paris.

Laura se tourna vers Paul et le regarda en souriant. Celui-ci fit une moue complice, accompagnée d'un petit geste d'impuissance. Laura approcha la main de l'instrument et en effleura les cordes. Elle n'osait pas le sortir de son étui. Elle, d'habitude si assurée, si confiante en elle-même, cherchait les mots pour remercier mais ne les trouvait pas. Ses yeux s'embuèrent. Michel s'avança, maladroit :

– Bon anniversaire! répéta-t-il en l'embrassant sur la joue.

Alors elle lui prit les mains et l'entraîna dans une valse lente, accompagnée par la musique des Platters. Michel s'empourpra. Puis il retrouva son assurance et la serra contre lui. Le vent s'était levé, faisant voler les draps, danser les ombres, et les ruines ressemblèrent à une salle de bal remplie de valseurs. Michel était en extase. Il dit gauchement :

– Comme tu es belle, ce soir...

Laura fronça les sourcils, amusée :

– Seulement ce soir?

– Non, je veux dire tous les soirs!

A son tour, elle l'embrassa sur la joue. En dansant, le couple s'était rapproché de Sacha. Celui-ci n'avait pas encore prononcé une parole. Affichant un grand sourire, il prit la main de Laura et, avec gentillesse mais fermeté, il l'écarta de son partenaire.

– Tu permets?

Michel s'éloigna de bonne grâce tandis que Laura

se coulait dans les bras de Sacha. La valse se transforma en slow. Laura posa amoureusement la tête sur son épaule. Une seconde plus tard, on entendit le bruit sec d'un bouchon. Michel venait d'ouvrir la bouteille de champagne.

– Du Piper ! annonça-t-il. Le meilleur. Pour toi, Laura...

Paul apporta des verres. Michel et lui se comportaient comme des gosses, des gamins jaloux. Il n'y avait qu'à observer leur expression. Mais ils savaient aussi faire bonne figure, et le champagne coula, au milieu de leurs rires, tandis que Sacha et Laura continuaient de danser, tendrement enlacés.

Sacha avait son plan pour cette soirée. Je l'avais lu dans ses yeux dès son arrivée. Sa présence, son entrain, et la façon dont Laura l'étreignit, attestaient sans doute possible d'une réconciliation. Tant mieux, songeai-je en grinçant. La fête sera complète ! Compte tenu de la tension constante auxquels tous deux étaient soumis, en particulier Sacha, je supposai qu'ils avaient eu une discussion de fond après leur querelle de la veille, et que Laura lui avait pardonné...

Mais moi, non ! *Moi, je ne pardonnais pas !*

Le moment était venu. Je m'approchai discrètement de l'endroit où j'avais posé le projecteur. A toute cette liesse, il manquait pourtant un épisode. Laura le déclencha en annonçant :

– Ils m'ont fait un cadeau magnifique !

– Je vais avoir du mal à faire mieux..., soupira Sacha.

– Vas-y ! C'est quoi ?...

Je relevai la tête. Laura ne dansait plus. Ses yeux étaient rivés à ceux de Sacha.

– C'est une question...

Il marqua un silence, soudain grave, avant d'ajouter, d'une voix tendue par l'émotion :

– ... Je voudrais qu'on se marie !

– Et depuis quand c'est un cadeau ?

Je les voyais de profil. Sacha ne savait plus que dire, ni s'il devait prendre au sérieux cette réplique en forme de boutade. Laura sourit :

– Quand tu veux, dit-elle d'un ton ému.

Sacha se pencha vers elle et l'embrassa.

C'était fini. Deux ans après leur rencontre, Laura obtenait enfin ce qu'elle avait toujours souhaité. Devenir la femme de Sacha... Pour cela, elle avait littéralement suivi Sacha au bout du monde, dans un pays en guerre, abandonnant sa famille, sa carrière... Pour cela, elle venait encore une fois de faire taire son amour-propre, préférant pardonner une trahison passagère plutôt que renoncer à son but.

Pour cela, elle avait sacrifié une vie !

Pendant qu'ils s'embrassaient, Michel grommela, assez fort pour que tous puissent l'entendre :

– Et voilà ! C'est foutu... Tourne la page et marque dommage !

Puis, beau joueur, il jeta son verre sur le sol, comme le voulait la tradition, avant de s'exclamer :

– *Mazel Tov !*

– *Mazel Tov !* dit Paul en écho.

Décidé à masquer sa déconvenue, Michel alla chercher le gâteau, qu'il offrit au couple, ravi de pouvoir au moins jouer les trouble-fête et d'interrompre ce baiser interminable.

– 4 000 kilomètres qu'on fait avec ce putain de violon ! 4 000 kilomètres ! On se dit : jamais personne ne trouvera mieux comme surprise. Et toi, Sacha, évidemment, tu trouves... Enfin, joyeux anniversaire, Laura...

Ensemble, Paul et lui entonnèrent : « Joyeux anniversaire, nos vœux les plus sincères... »

Laura s'écarta de Sacha pour souffler les bougies.

La lumière s'assombrit. Il ne restait plus que les chandeliers et leurs flammes vacillantes. Laura irradiait de bonheur. Elle vivait un instant unique. Ses vingt ans. La promesse d'un mariage. Ses amis auprès d'elle... L'univers tout entier devait tourner dans sa tête. Elle était si belle ! Entourée de tant d'amour. Aujourd'hui, demain, pendant vingt ans encore elle aurait le monde à ses pieds. « Bon anniversaire, Laura. Bon anniversaire... ! »

D'un geste sec, je mis le projecteur en marche.

D'abord, une série de rayures et d'étoiles défilèrent sur le drap tendu. L'amorce... Mais ce fut suffisant pour attirer l'attention de Laura et des autres. Je les vis s'immobiliser. Je gardai le silence.

Puis Myriam apparut !

Les premières images représentaient son visage en gros plan. Ses grands yeux sombres, rêveurs, fixaient un point indéfini. J'avais beau connaître chaque image de ce film que j'avais tourné moi-même, maladroitement, en noir et blanc, je sentis l'émotion me gagner.

Une autre séquence succéda vite à la première. Myriam sur son vélo. Au printemps. Je me souvenais exactement de la scène. J'aurais pu en donner la date. Les yeux fermés, je retrouvais les odeurs...

Ensuite, un déjeuner sur l'herbe. Myriam allongée sur une couverture. Laura était derrière, adossée à un arbre. Plus loin, Michel et Paul jouaient au ballon...

La voix de Sacha tonna soudain :

– C'est quoi, ça, Simon ?

– Laisse ! intervint Laura.

Sur l'écran improvisé, Myriam sortait maintenant du lycée, entourée de camarades de classe. Elle venait de s'apercevoir que je la filmais. Un sanglot noua ma gorge. Myriam souriait derrière les grilles...

Les images continuèrent de défiler. Plans rapides.

Succession de scènes sans ordre chronologique. Devant un miroir, je m'étais filmé moi-même, tenant Myriam par l'épaule. Sa main masqua l'objectif. Le noir. Puis la terrasse d'un café. Myriam attablée avec sa mère. Rachel Malka. Toutes deux dévorant une glace... Séquence sur une barque. Myriam aux avirons, tournant le dos à Laura installée à l'avant du bateau...

Dans la pénombre, Michel s'approcha de moi, menaçant :

– Arrête ça, Simon ! Tout de suite...

Cette fois, Sacha l'empêcha :

– Non. Laisse-le. Qu'il continue...

– Pourquoi ?

– Laisse-le finir. Tu n'as pas compris qu'il prépare ce moment depuis des mois. Il ne sera pas content tant qu'il n'aura pas fini de cracher son venin...

Ils pouvaient bien me menacer, me maudire, me cogner, rien ne m'aurait fait arrêter l'appareil. Sacha avait raison. Je n'étais venu en Israël que pour cela. Pour leur montrer ces images. Pour les montrer à Laura. Ils avaient beau gronder, je savais qu'ils étaient fascinés. Maintenant, ils voulaient savoir. Enfin, ils voulaient comprendre. Comme moi, ils étaient obligés de souffrir.

Myriam était là. Ils ne l'oublieraient jamais plus...

Sentant mon auditoire attentif, je commençai à parler :

– Je voulais qu'elle soit avec nous, ce soir. Depuis qu'elle est morte, je n'ai jamais cessé de penser à elle. J'y pense tous les jours, à ce 16 décembre. Le jour de ses dix-huit ans. J'essaie de comprendre pourquoi elle a fait ça. Pourquoi elle est partie, sans prévenir personne. Ni vous ni moi... Sans une lettre, sans rien... Je repense à cette nuit où j'ai attendu seul. A l'hôpital... Jusqu'à la fin.

Instinctivement, Sacha, Paul et Michel s'étaient regroupés autour de Laura. J'espérais la voir pleurer, mais elle avait les yeux secs. Au contraire, elle me défiait, indifférente aux images qui continuaient à défiler sur le drap...

Devant l'étal d'un bouquiniste, sur les bords de la Seine, Myriam feuilletait *l'Être et le Néant*. Le sourire des images précédentes avait fait place, sur son visage, à une moue triste, une tension insoutenable qui me faisait mal car je n'avais pas su deviner.

– Tu n'as pas le privilège du chagrin ! lança Paul. Nous aussi, on a aimé Myriam. Nous aussi, on pense à elle. Ta mise en scène est ridicule...

– Mais on ne se suicide pas comme ça ! Il y a une raison à sa mort... Je m'excuse, Laura... Je t'ai gâché ton anniversaire. Mais personne ne m'empêchera de parler ce soir. Personne !

Paul explosa :

– Tu fais chier, maintenant ! Si tu as quelque chose à dire, dis-le, à la fin !

Le film s'achevait. Il ne restait qu'une scène. La plus insupportable. Mais je ne leur en ferais pas grâce. J'étais décidé à aller jusqu'au bout.

Un coup de vent fit bomber le drap, déformant la projection. Myriam, encore une fois, dans la cour de l'immeuble de sa mère. Elle paraissait frêle, perdue, très pâle. C'était le jour de son anniversaire. On lui avait aussi préparé un gâteau énorme, surmonté de dix-huit bougies. En haut, tout le monde riait, se préparait à lui faire la surprise. Laura et Sacha discutaient en aparté, assis côte à côte, complices. Ensuite, Myriam souffla ses bougies. Elle avait des larmes dans les yeux. Des larmes de bonheur, croyait-on. L'instant d'après, elle s'appuyait au rebord de la fenêtre. Les autres continuaient de faire la fête. Paul, un chapeau pointu sur la tête ;

Laura, riant aux éclats; Michel, un mouchoir à la main, gesticulant et grimaçant dans une parodie de danse du ventre...

Soudain, Michel se fige, et tout se précipite. La caméra pivote vers la fenêtre grande ouverte. Myriam n'est plus là. Sa mère habite au troisième étage. Images saccadées. J'ignorais que le film tournait encore. La caméra dévale l'escalier. La porte de l'immeuble s'ouvre sur la rue...

Myriam gît sur le pavé, petit corps brisé...

– Fous le camp! hurla Michel.

Paul l'empêcha de se jeter sur moi.

Alors, d'une voix sans timbre, je poursuivis :

– Il était une fois trois garçons qui ne s'étaient jamais quittés depuis la sixième. Et puis, tu es arrivée, Laura. Et on est tous tombés amoureux de toi. On te désirait, on rêvait de te conquérir, tu étais notre soleil... Tu te souviens? C'est alors que Myriam nous a rejoints. Elle a perturbé l'ordre des choses. Par petites doses, tu as commencé à distiller ton venin. Elle te faisait de l'ombre, alors tu l'as brisée. Tu lui disais que la culture, c'était tout dans la vie. Elle a fini par se mettre dans la tête qu'elle n'était pas intelligente. Elle en avait honte, et tu le savais. Toi, tu avais Sacha. Tu étais la plus forte, tu savais parler. Elle n'avait pas les moyens de lutter contre toi. Elle n'a pas supporté...

Myriam avait à jamais disparu et je me sentais vidé. Mais je n'avais pas tout dit, pas encore. Il fallait que je sois plus direct...

Ma propre voix me donna l'impression d'être un murmure.

– Voilà. C'est à cause de toi, Laura, qu'elle s'est suicidée. C'est toi qui l'as tuée...

Laura s'était rapprochée de moi. Dans la pénombre, je distinguais à peine ses traits. Elle resta ainsi, immobile, silencieuse. Je devinais son souffle, la colère qui enflammait son regard.

Soudain, elle me gifla.

La fureur avait décuplé ses forces. Surpris, je perdis l'équilibre et tombai sur le projecteur qui s'éteignit.

Puis Laura s'en alla, très digne. Les autres la suivirent et je restai seul, dans les ruines.

Maintenant, tout irait bien. Tout était dit... Du moins, je le croyais!

Pour Sacha

12

Décembre 1989,

Enfin, le matin !

Les rideaux entrouverts laissaient passer une lumière crue, aveuglante, qui dessinait des arabesques sur les murs, les meubles et les objets. Près de la fenêtre, sur une table basse, trônait un énorme bouquet de fleurs. A côté, une bouteille de vin à peine entamée. La climatisation ronronnait en sourdine. Le lit était confortable ; la chambre, spacieuse. Dans le lointain, une sirène de bateau mugit. Depuis le port montaient des bruits divers : éclats de voix, vrombissements des moteurs de hors-bord, notes sucrées d'une musique orientale... Et, pour la première fois depuis longtemps, en m'éveillant, je sus exactement où je me trouvais !

L'instant d'après, je me jetais hors du lit. La veille, en arrivant à Tibériade, je n'avais vu que des lumières : éclairage du port, lampions des bateaux qui traversaient le lac, scintillements trahissant la présence de villages et de kibboutz, perdus, sur l'autre rive, dans la masse sombre du Golan... Ces lueurs inconnues avaient peuplé ma nuit de rêves et de cauchemars. Était-ce la Syrie, ou bien Israël ? Et, si c'était Israël, n'avaient-ils pas encore compris qu'en allumant ces lumières, ils se désignaient eux-mêmes comme cibles aux canons tapis sur les sommets du Golan ? Au plus profond de mon sommeil, Israël avait les mêmes frontières qu'avant. Chaque ville, chaque village de Galilée, était à la merci d'agresseurs basés sur leurs positions dominantes. On n'était en sécurité nulle part. Pas même à Tibériade, sur la rive opposée du lac, où les caprices du destin venaient de me conduire, vingt-trois ans plus tard... Heureusement, ce n'était qu'un cauchemar !

Poussé par une curiosité soudaine, je me ruai sur la terrasse. J'avais loué la plus belle chambre, une suite au dernier étage du Plazza, le meilleur hôtel de la région. La tiédeur m'enveloppa comme une caresse humide, succédant au froid sec de l'air conditionné. Il était sept heures. Nous étions en décembre... Il faisait beau.

Aussi loin que portait mon regard, le Golan barrait l'horizon, enchaînement de contreforts, d'arêtes et de collines massives enveloppés d'un voile brumeux. Le soleil, déjà haut dans le ciel, baignait ce paysage de couleurs chatoyantes et d'ombres pastel qui allaient du rose éclatant au mauve délavé, en un camaïeu sans cesse changeant dont je croyais avoir gardé le souvenir et qui me frappa par sa beauté. A mes pieds s'étendait le lac, bande bleutée lumineuse dont aucune ride n'altérait la surface. Là où Jésus avait marché, les estivants faisaient du ski nautique. Ce mélange de sacré et de vie quotidienne était d'une banalité émouvante. Israël, une fois de plus, se dévoilait dans toutes ses contradictions.

Douze étages plus bas, dans une crique se balançaient quelques embarcations au gré d'un vent léger qui faisait voler mes cheveux. Sur la gauche, autour d'une petite place, on avait sorti les tables devant les restaurants. Derrière l'hôtel s'étirait une grande rue animée et bruyante. Je pris une profonde inspiration. Même à cette hauteur, l'air embaumait la fleur d'oranger...

Israël vivait.

Longtemps j'avais porté cette image confuse, un amalgame de souvenirs réduits à un lieu, une série d'événements, des sensations altérées par le temps. Vingt-trois ans plus tard, je retrouvais un pays!

Dans ma mémoire, Myriam et Israël étaient indissociables, liés par un drame qui avait marqué ma jeunesse et dont, aujourd'hui encore, je ne connaissais pas l'issue. A cet instant, il m'aurait peut-être suffi de lire sa lettre pour vivre pleinement ces retrouvailles. Mais j'en avais décidé autrement. Le moment n'était pas encore venu...

L'une des embarcations, un gros navire poussif, venait d'atteindre l'autre rive. A cette distance, la ligne côtière formait un tracé tremblant, déformé par la brume. Les habitations accrochées au rivage se fondaient dans une tache lumineuse, impossible à définir... Pourtant, c'était là! Je devinais sa présence sans même la voir. Mon cœur accéléra.

Face à moi, distant d'une vingtaine de kilomètres, se trouvait le kibboutz Yardena...

Je regagnai ma chambre. Serein.

Le premier geste d'un journaliste, où qu'il se trouve, se tourne toujours vers le poste de télévision. Les informations sont comme une drogue et le programme local le meilleur moyen de prendre le pouls d'un pays. En m'habillant, j'allumai le poste. Par hasard, je tombai sur la chaîne jordanienne. Le visage d'un présentateur arabe apparut. C'était l'heure du bulletin. Il s'exprimait en français : « Une fois de plus, dans la journée d'hier, deux Palestiniens ont trouvé la mort sous les balles sionistes. Ce crime abominable, perpétré de sang-froid par un commando de l'armée juive, a soulevé la colère de nos frères arabes et révolté le monde entier, déjà atterré par le cynisme et la barbarie des envahisseurs israéliens. Les deux martyrs, mitraillés sans sommation, sont morts dans des souffrances atroces des suites de leurs blessures, sans qu'aucun secours leur soit porté. Sa Majesté le roi Hussein a aussitôt envoyé un message de condoléances et de soutien moral aux familles des victimes, qui s'ajoutent tristement au nombre terrifiant, toujours croissant, des martyrs musulmans... »

Des images représentant des policiers israéliens en train de fouiller rudement des civils succédèrent au visage imperturbable du présentateur... Le reportage enchaîna sur les prises de vues d'une manifestation dans les rues de Ramallah. Au milieu d'une foule déchaînée, scandant des slogans guerriers, des femmes musulmanes en pleurs se griffaient la face, tandis qu'un groupe d'adolescents brandissait le V de la victoire et brûlait le drapeau israélien...

Cut. Salutations du présentateur. Générique et hymne national... Rêveur, j'éteignis le poste et finis de m'habiller.

Une à deux fois par jour, la télévision jordanienne transmettait ainsi ses informations en français. Mais je n'avais encore rien vu ni entendu de si grotesque...

Malgré le côté dramatique de l'événement, l'émission tout entière prêtait à rire par sa grandiloquence, le choix du montage et des adjectifs qui enrobaient les commentaires. Jusqu'au ton faussement impartial du présentateur, qui croyait, derrière des airs impassibles, masquer les buts de propagande d'un texte écrit à ce seul effet... J'étais pourtant bien placé pour connaître les faits réels. Je venais d'appeler Paris. La mort des deux Palestiniens avait fait la Une du journal de vingt heures... Mais dans un contexte totalement différent !

Ce que la télévision jordanienne passait sous silence, préférant jeter un voile pudique sur le passé des deux Palestiniens, c'était la cause de cette arrestation. Deux heures avant l'intervention de l'armée et de la police israélienne, ces « martyrs », appartenant à une faction dissidente de l'OLP, s'étaient offert en toute quiétude un carton sur un car de touristes, tuant le chauffeur sur le coup, blessant huit femmes, deux hommes et six enfants!.. Dans leurs vêtements, on avait trouvé assez de munitions pour massacrer un kibboutz entier...

Je haussai les épaules en repensant au présentateur arabe. L'information façon orientale; après tout, mieux valait en sourire...

Même si je n'y parvenais pas tout à fait.

Vers neuf heures je descendis dans le hall pour me renseigner sur les horaires des navettes maritimes. Dans la poche de ma veste, j'avais glissé la lettre de Myriam. Une ligne régulière, à laquelle appartenaient les deux gros navires dont j'avais aperçu les silhouettes du haut de ma terrasse, desservait plusieurs fois par jour la rive opposée. Le prochain départ était prévu à neuf heures trente. J'en profitai pour avaler rapidement un café.

Le restaurant de l'hôtel était vide, la plupart des tables encore encombrées par les reliefs du petit déjeuner. N'ayant que l'embarras du choix, je m'installai près de la baie vitrée, face au lac et à la crique. Quelqu'un avait oublié le *Jerusalem Post* sur la nappe. Tandis qu'un serveur, venu je ne sais d'où, remplissait ma tasse de café noir et brûlant, je commençai à parcourir les grands titres, intrigué de connaître la position juive après ce que j'avais entendu à la télévision...

Le premier quotidien d'informations israélien en langue anglaise décrivait bien sûr l'incident en première page. J'y retrouvai un style familier, pondéré, professionnel. En page une, le Premier ministre lançait un appel au calme. Israël devait, selon lui « opposer la dignité à la haine et la raison à l'hystérie ». Malgré tout, on s'attendait à des représailles. L'armée renforçait ses consignes de sécurité, mais le gouvernement, c'était normal, restait muet sur ce point... Une photographie représentait les lieux du drame. Sur un fond de paysage désertique, des policiers casqués, plantés devant une ambulance, visages tendus, contrôlaient l'identité de deux hommes en *keffieh*. J'observai longuement le cliché. Il y avait, dans tous ces commentaires et jusque dans le choix de l'illustration, une volonté de dédramatisation émouvante, tout autant que désarmante. Israël pleurait mais refusait de rugir !...

Lorsque je redressai la tête, j'eus la surprise de découvrir que je n'étais plus seul dans le restaurant. Deux tables plus loin, une jeune fille venait de s'asseoir, disparaissant à moitié derrière une montagne de croissants et de pains au chocolat. Intrigué, je repliai mon journal pour m'attarder sur ses longs cheveux, sa peau bronzée et sa robe rouge dans laquelle je devinais une silhouette agréable. Son visage était également plein de charme, avec ses pommettes saillantes, ses yeux en amande, et deux petites fossettes au milieu des joues... Elle s'aperçut que je la regardais et me sourit.

– *Shalom!* fit-elle joyeusement. *Ma shlom rha?* (Bonjour, comment ça va ?)

Ma compréhension de l'hébreu s'arrêtait à ces expressions. J'acquiesçai, un peu surpris, vaguement flatté. Puis j'expliquai en français que je ne comprenais pas sa langue. Elle rit.

– Ah... *Tsarfati!* Je parle un peu mal français... *Do you speak english?*

Je répondis que oui et, par pure politesse, l'invitai à s'asseoir à ma table. A ma stupéfaction, elle me désigna la sienne, répondant à mon invitation par une autre que je me sentis forcé d'accepter. Je pris ma tasse de café et la rejoignis.

– *So, you are French!* dit-elle en me tendant la main. *What are you doing in Israël?*

La spontanéité des Israéliennes est parfois surprenante et toujours agréable, à condition de ne pas chercher la moindre arrière-pensée par-delà leur apparence peu farouche. La plupart se laissent aborder et lient connaissance avec une facilité déconcertante. Cela tient autant de l'évolution des mœurs, sinon d'une réaction à l'égard de certains archaïsmes religieux, que de l'incertitude quotidienne dans laquelle vivent les habitants d'un pays sans cesse entre deux guerres. Par ailleurs, Israël est sans doute la seule nation dans le monde à prôner l'égalité des sexes devant le service national.

J'étais malgré tout heureux de partager – sans arrière-pensée ! – mon petit déjeuner avec une si charmante compagne. D'autant que le café était infect... A sa question, je répondis sans donner de détails que j'étais journaliste en mission. Elle se montra aussitôt d'une curiosité insatiable. Quel était le nom de mon journal ? le sujet de mon article ? Allait-on me voir à la télévision ? Quelle était mon opinion sur le conflit actuel ? Est-ce que j'allais, encore une fois, évoquer le problème palestinien ? Une interrogation en appelait une autre. Elle me laissait à peine le temps de répondre, ce qui me permit d'en éluder certaines. Au milieu du déluge de questions, je parvins néanmoins à connaître son nom : Rebecca. Elle avait dix-huit ans. Ses parents, m'apprit-elle, habitaient Haïfa. Jusqu'à ce jour, le dernier de sa vie civile, elle travaillait à mi-temps comme hôtesse à l'office de tourisme de Tibériade. Dès le lendemain, elle devait rejoindre une base militaire près de Tel Aviv...

Soudain elle regarda sa montre et s'exclama, affolée :

– Neuf heures vingt... Ce n'est pas possible ! Oh ! je suis désolée, il faut que je m'en aille. Je vais rater mon bateau !

Le mot bateau me fit bondir. En sa compagnie, je n'avais pas vu passer l'heure. Par un heureux concours de circonstances, elle se rendait également sur l'autre rive, au kibboutz Ein Guev, où elle devait faire ses adieux à ses grands-parents avant de sauter, le soir même, dans le bus de six heures... Je lui annonçai, ravi :

– Moi, je vais à Yardena. On dirait que nous allons faire la traversée ensemble...

L'idée lui plut. Je pris sa main pour l'aider à se lever. Elle était à peu près de ma taille, plutôt grande pour une femme. On quitta le restaurant. Quelques minutes plus tard, nous étions sur le quai.

Le bateau effectuait la traversée du lac en une demi-heure. Le passage coûtait à peine quelques *shekels*, mais j'étais démuni de devises et je préférai payer en dollars. La cabine était déjà pleine de monde : des familles israéliennes, des touristes, des soldats... Pour me faire plaisir, Rebecca accepta de s'installer sur le pont avant, en plein air, où, dédaignant les bancs, on se retrouva côte à côte, appuyés au bastingage. Il faisait toujours beau, mais quelques nuages épars, poussés par le vent, s'étaient regroupés au-dessus du Golan, formant comme une couronne dans un ciel par ailleurs d'un bleu limpide... Lorsque le bateau appareilla, les haut-parleurs commencèrent à diffuser des chansons en hébreu. Je me sentis un peu stupide. Mais Rebecca sourit. Apparemment, les chansons lui plaisaient.

– Pendant un an, j'ai fait cette traversée presque chaque semaine, me confia-t-elle. Il faut se méfier du lac. Parfois, au beau milieu, le vent se met à souffler si fort qu'on se croirait en pleine mer. J'ai déjà vu des gens complètement malades à bord.

J'observai le ciel. Les nuages continuaient de s'amonceler sur le Golan. Elle avait raison. La traversée du retour risquait d'être un voyage moins agréable qu'à l'aller.

– Vos grands-parents vivent depuis longtemps à Ein Guev? demandai-je.

– Depuis toujours... Enfin, depuis bien avant ma naissance. Ils sont arrivés en Israël en 48. Mon père est né ici. Moi-même, j'ai passé six ans a Ein Guev. Je suis une sabra de la deuxième génération.

Je connaissais vaguement Ein Guev, un kibboutz aujourd'hui prospère, célèbre pour sa position stratégique au pied du Golan et son auditorium, dans lequel les musiciens juifs du monde entier, de Jehudi Menuhin à Arthur Rubinstein, en passant par Isaac Stern et Leonard Bernstein, avaient au moins joué une fois dans leur vie. Rebecca enchaîna en me parlant de ses parents. Son père était russe. Sa mère, d'origine yéménite. De ce croisement, elle avait hérité ses pommettes saillantes, la forme en amande de ses yeux et ses cheveux couleur de geai. Pendant de longues minutes, elle évoqua sa vie au kibboutz, puis son départ pour Haïfa, un déchirement selon elle, d'autant que sa mère était morte peu de temps avant et que son père venait de se remarier... A seize ans, elle avait abandonné le foyer familial pour revenir à Tibériade où son grand-père (apparemment une personnalité du kibboutz) lui avait trouvé cet emploi à mi-temps. Elle se sentait bien dans cette région « qu'elle connaissait comme sa poche »... Au milieu du lac, comme elle l'avait prédit, le vent se leva et le bateau commença à tanguer.

Une question me brûlait les lèvres.

– Vous êtes souvent allée au kibboutz Yardena ?

– Bien sûr. Mon père m'y conduisait quand j'étais petite. On se baignait dans la rivière. C'est un endroit magnifique... C'est la première fois que vous venez ?

Une fois de plus, la pudeur m'empêcha de répondre. Comment parler de Yardena sans évoquer 1967, sans faire allusion à Myriam, à ces mois passés au kibboutz ? Pour l'instant, et je me demandais même s'il ne s'agissait pas d'une forme inconsciente de superstition, je refusais de parler de mon retour. J'éludai d'un mouvement de tête qui ne voulait dire ni oui ni non. Puis, instinctivement, je plongeai la main dans la poche de ma veste. La lettre s'y trouvait toujours...

A cet instant, le navire piqua de la proue dans le creux d'une vague. Rebecca se retint à mon bras en riant. Soudain elle pointa le doigt vers le haut-parleur.

– Vous entendez cette chanson ? Dommage que vous ne compreniez pas l'hébreu. C'est une complainte qui évoque la guerre et la séparation de deux amoureux. Façon israélienne, bien sûr... Lui est resté aux champs, car il se remet d'une blessure et la terre a besoin d'être labourée. Sa fiancée est partie au front. Il est sans nouvelles. Il la pleure. Il voudrait la rejoindre, mais il ne peut pas... C'est curieux, non ? Je me demande qui a pu avoir l'idée d'écrire une chanson pareille...

– Israël est un pays plein de contradictions, dis-je en souriant.

Le visage de Rebecca s'assombrit. Ses yeux se remplirent de mélancolie. Elle se pencha sur le bastingage pour fixer la rive lointaine où commençaient à se dessiner les silhouettes de quelques maisons. A son silence, je compris qu'elle pensait à elle-même, à son départ du lendemain ; je partageais son déchirement.

Demain, encore à l'âge où s'épanouit la féminité, Rebecca allait devoir troquer sa jolie robe contre un treillis. Comme à un homme, on lui apprendrait le maniement des armes, l'autodéfense, la discipline, et d'autres méthodes de combat... Pour moi, qui n'avais même pas fait l'armée, un tel concept était impensable. Comment pouvait-on envoyer une femme au front ? Il suffisait pourtant de connaître certains chiffres : trois millions et demi d'Israéliens contre six cents millions d'Arabes... Quel autre moyen avaient-ils de compenser une telle disproportion ?

Une image furtive passa devant mes yeux : Laura dans sa tenue kaki, mitraillette à l'épaule. Laura, fière de son kibboutz, de son pays, de l'idéal qu'elle croyait partager...

Rebecca m'annonça d'une voix triste qu'elle en avait pour deux ans. Deux années entières sans pouvoir se séparer de son arme, car, telle était la loi en Israël : les soldats de Tsahal devaient pouvoir se défendre à tout moment, y compris durant leurs permissions... Elle ajouta avec ironie :

– Moi qui ai toujours eu horreur des armes... En plus, on dirait que j'ai bien choisi le moment...

Je tentai de la rassurer :

– Vous êtes une femme. Ils ne vous enverront pas dans les zones dangereuses...

Ce devait être une maladresse de ma part, sans doute avais-je heurté sa fierté, car elle réagit à l'instant :

– Parce que vous croyez qu'il existe des endroits sûrs pour un soldat en Israël ?

Son regard se durcit, elle me fixa d'un air méfiant.

– C'est vrai, j'oublie tout le temps comment la presse étrangère parle de nous. Dès qu'on touche à un Palestinien, c'est un massacre... En revanche, si un soldat israélien se fait égorger sur le bord de la route, ça ne mérite même pas une ligne. Vous savez pourquoi les militaires sont toujours par deux ou trois quand ils font du stop ? Vous savez pourquoi on leur interdit de monter dans les voitures qui ne portent pas de plaque d'immatriculation israélienne ? Avant que le gouvernement ne prenne ces mesures, il ne se passait pas une semaine sans un attentat.

Une petite moue plissa sa bouche. D'un geste gracieux, elle rejeta une mèche qui lui masquait les yeux.

Ces mots sonnaient étrangement dans la bouche d'une jeune femme ; même en anglais, même avec l'accent hébreu. En l'écoutant, j'avais l'impression de replonger de vingt ans en arrière. Déjà, en 1967, les soldats du contingent avaient dû se dire qu'ils choisissaient plutôt mal le moment...

– Notre problème, poursuivit Rebecca, ce n'est pas la guerre. Ça, on s'en charge. On s'en est toujours chargé. Même si nous préférons la paix, on n'en a jamais perdu aucune. Non... Le plus dur c'est de vivre au quotidien, de continuer à construire, de faire semblant de croire, tout en sachant qu'aucune victoire ne nous apportera la paix. Autour de nous, il y a trop de haine, vous avez vu ce qui s'est passé hier ?

J'acquiesçai. Mais je connaissais ce discours par cœur. Inconsciemment, je répétai des paroles prononcées par Dan vingt-trois ans plus tôt :

– Un jour où l'autre, il faudra bien que vous viviez avec les Arabes. Ce conflit dure depuis trop longtemps...

Elle grimaça. Puis secoua la tête :

– Vous croyez que nous n'avons pas essayé ? Mes parents ont essayé, et mes grands-parents avant eux. Moi aussi, je suis prête... Ce sont les Arabes qui ne veulent pas de nous...

– Pourtant, vous avez fait la paix avec l'Égypte...

– Oui. Et Sadate s'est fait tuer parce qu'il avait fait la paix avec nous !

Elle secoua la tête, repartit dans sa rêverie. La rive n'était plus loin, maintenant. Là-bas, sous l'horizon, à deux ou trois kilomètres d'Ein Guev, commençait à se découper la forme encore confuse d'un groupe d'habitations. Mon cœur accéléra. Je m'accoudai au bastingage et plissai les paupières...

– Le pire, poursuivit-elle, c'est que, sans la haine, Israël ne serait pas ce qu'il est. C'est la haine qui nous a peut-être permis de survivre. Israël est un pays si plein de contradictions!...

Ses paroles devaient me frapper, mais plus tard... Bien plus tard. De retour à Paris, je m'interrogerais sur la lucidité, l'étonnante maturité de Rebecca. Israël, le pays des Justes, comme l'appelait Sacha, s'était construit en réaction à la haine. Une petite justice pour un peuple qui pleurait six millions de morts... Mais la haine l'obligeait à poursuivre. Cette vieille haine, tenace, qui avait fait de chaque Juif, aujourd'hui, un survivant...

Pour l'instant, cependant, je n'entendais plus Rebecca. Mes yeux étaient rivés sur la plaine côtière et le débarcadère qui se rapprochait...

Bientôt, le bateau accosta.

13

Le 10 mai 1967, Israël avait officiellement informé l'ONU qu'il réagirait par la force à toute menace d'agression de la Syrie. Le 18 de ce même mois, Nasser demanda le retrait des casques bleus, stationnés depuis 1956 en Égypte et à Gaza. Dès le lendemain, le secrétaire général de l'ONU, U Thant, acceptait. Le retrait était effectué deux jours plus tard, soit le 21, juste après notre arrivée au kibboutz. La région était ainsi de nouveau livrée à elle-même : Israël, face à ses agresseurs. Il ne manquait plus qu'une étincelle pour faire exploser le baril de poudre...

Le lendemain de l'anniversaire de Laura, sur le chemin du départ, j'appris que Nasser venait de la déclencher...

Quinze kilomètres au moins séparaient Yardena des ruines du château. La veille, Sacha m'y avait conduit en Jeep. Mais en m'attaquant à Laura je n'avais réussi qu'à me faire bannir du groupe. Bien sûr, personne ne me comprit. Il était plus simple de m'abandonner...

Il me fallut la moitié de la nuit pour regagner le kibboutz à pied.

Ce fut une longue marche solitaire, sur une route totalement déserte où il m'arriva à plusieurs reprises de me perdre, et pendant laquelle j'eus tout loisir de remuer les pensées les plus sombres. La gifle de Laura avait laissé dans mon cœur et mon amour-propre une blessure cuisante. L'attitude de Sacha, son manque de réaction, ne cessaient de m'intriguer. Mais la rancœur avait trop longtemps été le moteur de mes actions. Ma vengeance accomplie, j'avais épuisé toute mon énergie, et il ne me restait aucune perspective à laquelle m'accrocher. En essayant de faire le point sur mes émotions, je ne trouvai qu'un immense vide, sans même m'en étonner.

A l'aube, lorsque enfin j'aperçus Yardena, ma décision était prise. Pour commémorer un amour, j'avais volontairement tué l'amitié... Il ne me restait plus qu'à partir...

Dès que je passai le portail, je fus frappé par l'activité inhabituelle qui régnait dans les allées du kibboutz. L'allée principale, généralement calme à cette heure, fourmillait d'hommes en uniforme. Devant les maisons, presque à chaque porte, se déroulait la même scène d'effusions : des soldats sur le départ embrassaient leurs femmes, serraient contre eux leurs enfants. Certains pleuraient; la plupart des visages étaient graves, tendus. Un immense convoi de transports de troupes encombrait les abords du poste de garde.

J'en conclus avec indifférence que des manœuvres se préparaient. Quittant l'artère centrale, je regagnai le bungalow pour récupérer mes bagages. Là, une surprise m'attendait...

A vrai dire, j'aurais dû m'en douter. C'était tellement dans le tempérament de Michel que je ne pouvais même pas lui en vouloir. Mais mon message était clair : mes vêtements, mon sac, toutes mes affaires, éparpillées sur le sol, jonchaient la pelouse et les marches de la véranda. En tombant, le verre qui protégeait la photo de Myriam dans son cadre s'était brisé...

Stoïque, j'entassai pêle-mêle mes effets dans le sac. Puis je repris la route en sens inverse. Avec un peu de chance, je trouverais bien un camion ou une voiture pour me prendre en stop jusqu'à Haïfa.

Au moment de traverser la place, je croisai Dan Chemtov, juché sur sa carriole, occupé à râler. Sa vieille bourrique se faisait encore tirer l'oreille. Il s'arrêta pour demander :

– Vous partez ?

– Moi, je pars !

Dan parut soudain inquiet.

– Et les autres, où sont-ils ? T'es pas au courant ?

Je haussai les épaules :

– Au courant de quoi ?

Toute cette activité aurait dû me donner la réponse. Mais j'avais d'autres soucis en tête. La journée allait être longue. Je n'étais même pas sûr de trouver un bateau pour Marseille.

– Les Égyptiens ! tonna Chemtov. Ils ont fermé le détroit de Tiran sur la mer Rouge. C'est le blocus... Plus un bateau ne passe. Tu ne te rends pas compte ? Il va y avoir la guerre !

– La guerre ? Je lui adressai un sourire ironique : Depuis le temps qu'on en parle...

– Ah ! ouais... Eh bien toi, tu as raison de foutre le camp. J'espère au moins que tu as dit au revoir à Sacha ?

– Je ne crois pas que ce soit la peine, fit-je sèchement.

Je vis Dan s'empourprer. D'un geste sec, il tira sur le collet de sa mule. Je crus qu'il allait me bondir dessus.

– Sacha part se battre ! explosa-t-il. On l'a appelé pendant la nuit. Laura, elle sait même plus si elle doit pleurer ou prier. Et toi, c'est tout ce que tu trouves à répondre. Alors, c'est ça... T'en as jamais rien à foutre!

De nouveau, je haussai les épaules. Puis je tournai les talons. D'une certaine manière, Dan avait raison : aujourd'hui, tout m'était égal. Sacha pouvait partir se battre : c'était sa guerre, son idéal. Pas le mien.

En m'éloignant, j'entendis Chemtov se venger sur son mulet.

– Allez hue, toi. Avance, *ya brel!* Qu'est-ce que tu attends? Que Nasser il te passe un coup de fil?

Lorsque je parvins à l'entrée du kibboutz, les hommes avaient fini de se regrouper devant le poste de garde. Une partie du convoi était déjà partie mais le plus gros commençait seulement à s'ébranler. Massés devant les barbelés, des femmes et des enfants regardaient s'éloigner la colonne. Je passai devant eux sans leur prêter attention. Il était huit heures. Dans trois heures, la chaleur serait écrasante. Par chance, mon sac était léger. D'un pas décidé, je sortis du kibboutz.

A moins d'être pris en stop, la route allait être longue jusqu'à Haïfa...

Je marchais depuis quelques minutes à peine, et commençais seulement à m'écarter du kibboutz, quand j'entendis un bruit de moteur derrière moi. Machinalement, je levai le pouce. Une Jeep ralentit à ma hauteur...

Sacha était au volant.

– Qu'est-ce que tu fous, Simon? gronda-t-il. Bon sang, où tu crois aller comme ça?

Un béret rouge enfoncé jusqu'aux oreilles, il arborait une tenue d'officier flambant neuf. Je ne l'avais encore jamais vu dans son uniforme de para. Instinctivement, j'eus une moue de dégoût. Puis, faisant mine de l'ignorer, j'accélérai le pas. Sa voix me rattrapa.

– Simon, je t'ai demandé ce que tu foutais. C'est pas le moment de faire tes conneries. Retourne au kibboutz!

– Tu ne me donnes pas d'ordres! explosai-je. Personne ne me donne d'ordres! Surtout pas un conard en uniforme...

J'entendis le moteur vrombir. La Jeep fit une embardée. D'un brusque coup de volant, Sacha me coupa la route. Puis, avec calme, il descendit du véhicule et se planta devant moi.

– Tu trouves que j'ai l'air con?

Sa voix était paisible. L'air intrigué, il lissa l'étoffe de sa tenue.

– Ouais, peut-être... C'est vrai que c'est con, un uniforme...

Il riva alors les yeux sur moi.

– Alors qu'est-ce que tu vas faire, là? Tu te sauves?

– Oui, je me sauve. Pourquoi, ça t'emmerde?

– Pas du tout, c'est tout à fait toi : la lâcheté absolue...

Il secoua la tête. Ses lèvres se plissèrent sur une moue écœurée.

– T'es un rat, Simon... Tu ronges, tu grignotes, et tu quittes le navire quand il y a du danger...

Sacha s'attendait à ce que je réagisse, mais pas avec une telle rapidité. En une fraction de seconde, je me ruai sur lui et l'attrapai à la gorge. La rage décuplait mes forces. La colère m'aveuglait. Il chancela sous le choc. Aussitôt, mon poing chercha son visage. Mais Sacha avait l'entraînement pour lui. Des mois de close-combat... Il évita le coup et, d'une simple prise, me fit perdre l'équilibre. Je m'étalai sur le sol, sans comprendre ce qui m'arrivait. Puis il se jeta sur moi et tenta de m'immobiliser. Je me débattis. Ainsi emmêlés nous roulâmes plusieurs fois dans l'herbe avant qu'il ne parvienne à me maîtriser. Finalement, je cédai, à bout de souffle. Sacha m'enserra la gorge. Son visage n'était qu'à quelques centimètres du mien.

– Pauvre con! hurla-t-il. T'as rien compris! T'as jamais rien compris... Elle ne t'aimait pas, Myriam. Elle ne t'a jamais aimé. C'est ça la vérité. C'est ça qui te rend fou. Elle ne voulait pas de toi!

Je crois qu'à cet instant, j'aurais été capable de le tuer. Il n'avait pas le droit... il n'avait aucun droit de prononcer le nom de Myriam! D'un mouvement vif, je parvins à me dégager. Mon poing vola. Cette fois, je l'atteignis à la joue. Sa pommette commença à saigner...

C'était pourtant une bien mince victoire. Sacha s'était laissé surprendre, il ne tarda pas à riposter. Ses coups se mirent à pleuvoir. Je fus rapidement débordé. Après une brève empoignade, dont la violence nous étonna l'un et l'autre, il finit par reprendre le dessus. Sa main agrippa le col de ma chemise. Puis, d'un ultime coup, il me renversa sur le capot de la Jeep.

Alors, comme dans un cauchemar, je l'entendis souffler :

– Tu veux savoir pourquoi Myriam s'est tuée? Tu veux vraiment le savoir?

Sacha n'avait jamais été aussi calme. Son haleine rasait ma joue. Ses yeux rivés dans les miens, il marqua un silence qui me parut durer une éternité. Je crus lire de la pitié dans son regard. Puis il laissa tomber :

– C'est moi qu'elle aimait. Tu comprends... moi!

Je fus pris d'un haut-le-cœur. J'avais envie de hurler. Je refusais de toute mon âme. Pourtant, au fond de moi, quelque chose affirmait que c'était la seule explication possible. Sacha ne mentait pas. Il m'assenait la vérité faute de continuer à se battre. Il savait qu'il m'anéantissait. Et dans le même temps, il soulageait sa conscience.

La suite me parvint dans une sorte de brouillard. Sacha relâcha son étreinte. Il recula d'un pas et poursuivit, comme pour lui-même :

– Je ne voulais pas d'elle... Je n'ai jamais voulu d'aventure avec Myriam. Elle s'était monté la tête toute seule. Tous les jours, j'avais une lettre, elle me téléphonait pendant des heures. Je ne savais plus quoi faire. A la fin, j'ai coupé les ponts. Je n'ai plus répondu à ses appels. J'ai même fini par lui renvoyer ses lettres...

Il s'interrompit, me regarda d'un air grave.

– C'était deux semaines avant son anniversaire, reprit-il, tu comprends ?

Non. Je ne comprenais plus. Je ne voulais plus comprendre. Je n'aurais jamais dû savoir. Mon univers tout entier venait de se briser. Pour Myriam, pour son amour, par sa mort, j'avais vécu des heures d'enfer. Son mystère, la douleur de sa disparition, avaient fini par emplir l'essentiel de ma vie. Pendant des mois j'avais cru bâtir un idéal pour m'apercevoir, tout à coup, que je n'avais fait que rêver. Petite chose fragile, Myriam, par ses silences, m'avait dominé de tout son être. Sa trahison me laissait sans aucun souffle, sans rien, sans amis, sans espoir...

Lentement, Sacha remonta à bord de sa Jeep. Le vent était tombé. Le soleil me brûlait les yeux. Il ajouta d'une voix sourde, comme s'il voulait s'en convaincre :

– C'est à cause de moi qu'elle s'est suicidée... C'est moi qui l'ai tuée !

Après un long silence, il se tourna vers moi. Son ton se fit amical :

– Retourne au kibboutz, Simon. Laura a besoin de toi. Elle a besoin de vous tous... Je ne veux pas qu'elle reste seule.

Nos regards se croisèrent. C'était étrange. Je n'étais même plus capable de le haïr. Ses paroles, je le savais, resteraient à jamais gravées dans ma mémoire. Elles me hanteraient jusqu'à la fin de ma vie. Mais en l'observant, j'ignore pourquoi, j'eus l'impression de le voir pour la dernière fois. Il ajouta encore :

– S'il le plaît.

Puis il fit tourner le moteur de la Jeep. Lentement, je le vis s'éloigner...

Au même moment, un énorme camion militaire apparut à l'extrémité de la route. Le véhicule blindé croisa la Jeep. Il transportait un char d'assaut.

Sacha disparut dans un nuage de poussière...

14

« Le Proche-Orient va-t-il basculer ? Aujourd'hui, demain peut-être, la région peut s'embraser. Aussi bien Hussein de Jordanie, à Amman, que le colonel Nasser, au Caire, envisagent ouvertement l'hypothèse d'une guerre...

Les Israéliens, eux, selon leur habitude, font le silence. Mais, pour les observateurs, les préparatifs militaires sont évidents à travers tout le pays. Sur le terrain, pourtant, les hommes demeurent optimistes, à l'exemple de ces deux soldats de Tsahal, en première ligne quelque part en Galilée, que notre reporter est parvenu à interroger... »

Le présentateur s'interrompit pour laisser intervenir une voix nasillarde à demi couverte par les crachotements du poste :

« ... Effectivement... je me trouve actuellement près d'Ein Guev, aux pieds du Golan, où j'ai pu remarquer une très forte concentration des forces israéliennes. A côté de moi, un sergent et un soldat de Tsahal, dont nous ne pouvons révéler l'identité – les consignes de l'armée sont très strictes sur ce chapitre – ont bien voulu répondre à mes questions. Alors, Ariel, si vous me permettez d'utiliser votre prénom, pouvez-vous me donner votre opinion sur l'imminence du conflit ? »

Réponse en mauvais anglais :

« Non. Je n'y crois pas. Personne ne croit qu'il y aura la guerre. Ces manœuvres ont un but préventif, rien de plus...

– C'est aussi votre avis, Sergent ? Pourtant, vous avez entendu les derniers discours du roi Hussein et de Nasser... »

Petit rire :

« Vous savez, en Israël, on connaît bien les Arabes. Ils sont très forts pour parader et menacer. C'est un trait typiquement oriental. Quand ils verront qu'on se prépare sérieusement à la guerre, ils abandonneront. Ils ne sont pas fous... »

La station reprit l'antenne. Malgré les nombreux relais, l'émission, par moments, était à peine audible.

« A Paris, comme dans la plupart des capitales, les témoignages de solidarité avec Israël se multiplient à mesure que les rumeurs d'une guerre prochaine se précisent. Écoutez le témoignage de maître Ayache, président de la jeune association Défense et Solidarité. »

Des crachotements. Le début de la phrase se perdit. Puis la voix dc maître Ayache :

« ... Deux millions d'Israéliens face à cent millions d'Arabes. Voilà les seuls chiffres qu'il faut retenir... Devant les mouvements de troupes de quatre pays, l'Égypte, la Syrie, l'Irak et la Jordanie, comment l'État d'Israël pourrait-il prendre cette menace à la légère ? Le monde entier en est conscient. La mobilisation est totale. Demain, un Boeing 707 d'Air France, transportant les plus hautes personnalités morales et intellectuelles françaises, s'envolera pour Tel Aviv... »

La suite du discours fut entièrement couverte par les parasites. J'essayai de régler la fréquence. Puis, à bout de patience, j'éteignis le poste. Le silence retomba dans le bungalow de Laura...

Depuis l'annonce de la fermeture du détroit de Tiran, une véritable fièvre semblait s'être emparée du kibboutz. J'assistais à des préparatifs militaires pour la première fois. Mais je n'avais jamais imaginé que l'on puisse faire preuve d'une telle efficacité... Désormais, il était impossible de faire un pas dans le centre du kibboutz sans tomber sur une équipe occupée à réinstaller les abris. Les véhicules militaires déboulaient en trombe. A chaque carrefour, les soldats avaient installé une batterie de DCA. La plupart des fenêtres étaient déjà occultées par du papier noir. Le plus étonnant, c'était de voir avec quelle rapidité une dizaine d'adolescents, travaillant sans un mot, arrivaient à entasser les sacs de sable, jusqu'à construire une muraille de protection qui, déjà, entourait la plupart des bâtiments...

Terrifiés par la menace de guerre, les habitants du kibboutz vivaient désormais en reclus, suspendus à leurs radios et au prochain bulletin d'informations de Khol Israel.

Laura n'échappait pas à la règle. En entrant chez elle, j'avais trouvé la maison vide. Seule la radio était allumée... Planté au milieu de la pièce, je restai indécis, hésitant sur les raisons qui m'avaient conduit... Mes propres préoccupations me paraissaient bien dérisoires, comparées à ces préparatifs. Pourtant, j'avais besoin de parler à Laura. Depuis son anniversaire, elle m'évitait ; comme tous les autres, Paul et Michel ne m'adressaient plus la parole. Affectée à l'approvisionnement des abris, Laura passait ses journées à contrôler des caisses de ravitaillement à peine déchargées des camions. J'ignorais quand elle serait de retour... En fait, je regrettais cette impulsion qui m'avait conduit chez elle ; car rien n'indiquait qu'elle reviendrait à de meilleurs sentiments...

Je m'apprêtais à partir quand un crépitement,

d'abord presque inaudible, puis de plus en plus fort, attira mon attention vers le plafond. C'était difficile à croire, mais il pleuvait!

Le matin, le ciel était limpide. Vers midi, de longs filaments cotonneux avaient fait leur apparition, chassés par un vent du nord-est qui, en Israël, est toujours le signe de prochaines perturbations. A présent, de gros nuages noirs, lourds et menaçants, écrasaient le Golan, plongeant le paysage dans une pénombre de fin d'hiver. Nous étions pourtant en mai.

En m'approchant de la fenêtre, mon épaule heurta un objet accroché au mur. C'était une paire de jumelles; un instrument hyperpuissant, comme on en trouve dans toutes les armées. Machinalement, je les braquai sur la montagne...

Aussitôt, mon cœur se serra.

Là-bas, les camions circulaient par dizaines. Des centaines de soldats avaient pris position. Sur le flanc des véhicules, je reconnus le drapeau de l'armée syrienne. La plupart des hommes étaient occupés à dérouler d'énormes rouleaux de fil de fer barbelé...

Tandis que je les observais, la porte s'ouvrit et Laura apparut sur le seuil. Vêtue d'un treillis, une mitraillette à l'épaule, elle était trempée des pieds à la tête. En me voyant, elle hésita et ses traits se durcirent. Sans un mot, elle claqua le battant. Puis, d'un pas décidé, elle se dirigea vers le lit où elle déposa son arme, avant de disparaître dans la pièce attenante, une petite salle d'eau.

Elle ressortit quelques secondes plus tard, une serviette enroulée autour de la tête, et commença à se sécher les cheveux. Sa présence et surtout sa froideur m'intimidaient plus que je ne voulais paraître. Je sentis une boule se former dans ma gorge. D'un geste un peu gauche, je brandis les jumelles pour désigner le Golan :

– Ils bougent de plus en plus, là-haut...

Après un temps, elle soupira :

– Qu'est-ce que tu veux, Simon ?

– Je ne sais pas... On ne s'est pas parlé depuis l'autre soir...

Pour toute réponse, Laura haussa les épaules. Elle se laissa tomber sur le lit, défit ses lacets, ôta ses chaussures... C'était stupide, mais mon cœur battait à tout rompre. Cherchant à me donner une contenance, je lui tournai le dos et fis semblant de me concentrer sur le mouvement des troupes syriennes... Un canon qu'elles venaient d'installer, pointé sur le kibboutz, me parut aussi proche que la voix de Laura...

– Écoute, Simon, je suis fatiguée... Vraiment, je n'ai pas envie de discuter !

D'un geste sec, elle envoya une de ses chaussures voler à travers la pièce. Assourdissante, la pluie tambourinait sur le toit d'un bungalow. Le canon syrien n'était pas seulement pointé sur le kibboutz, par un étrange effet d'optique, il paraissait me menacer directement...

– Mais, merde... Laura, tu ne vois pas comment je suis ? J'ai fait une connerie, d'accord ? Tu vas m'en vouloir toute ta vie ?

Sa voix claqua.

– Arrête, Simon !

Je murmurai :

– Tu as changé, Laura. Tu es devenue plus forte...

– Je ne suis ni forte ni faible ! jeta-t-elle, exaspérée. Il va y avoir la guerre ! On n'a plus le temps de se lamenter avec des chagrins d'amour !

Une seconde chaussure vola. Je me mis à crier :

– Tu ne crois pas que je l'ai aimée ? Au fond, tu ne le crois pas... Tu ne l'as jamais cru ! Un comédien, est-ce que ça aime vraiment ? Est-ce que ça éprouve même des sentiments ? Désolé, oui, ça aime aussi, un comédien !

Laura avait l'air atterrée.

– Mais de quoi tu parles? Qu'est-ce que tu racontes? Tu ne sais même pas si elle t'aimait!

– Ah! oui? Et toi, qu'est-ce que tu en sais? Que savez-vous de Myriam? Tu n'as jamais rien compris! T'as toujours été qu'une petite bourgeoise qui jouait des conneries sur son Stradivarius de merde... Mais je te préférais à ce que tu es devenue, Laura! avec tes cheveux tirés et ton vêtement de travail. Ça te plaît de jouer les soldats... Ça t'amuse de faire comme Sacha... Remarque, il avait raison! Le kibboutz, c'est vraiment ton univers...

Laura s'était redressée, hors d'elle. Soudain, elle hurla, comme déchirée :

– Tu sais ce que tu me reproches depuis deux ans? Tu me reproches d'exister, de rire, d'aimer, d'être vivante... Mais elle est morte, Simon. Tu comprends. ELLE EST MORTE. C'EST FINI!

Ces derniers mots explosèrent dans ma tête. Pendant une fraction de seconde, je me sentis chanceler. Puis un calme étrange m'envahit. Il y avait tant d'amertume, une telle fureur dans son regard et dans sa voix! Dans le silence qui suivit, je retrouvai toute ma lucidité.

Par ses dernières paroles, peut-être par un mensonge, Sacha m'avait volé Myriam. Elle était mon seul rêve et même si je m'obstinais à ne pas le croire, une brèche s'était ouverte, laissant entrevoir une vérité insupportable. Myriam m'avait trahi. Comment se venger de la trahison d'une morte sinon en s'accrochant à la vie? Pendant des mois, acharné à me prouver son amour, je n'avais fait que tout détruire autour de moi. L'idéal de Sacha. L'amitié de Paul et de Michel. Les vingt ans de Laura...

Laura, c'était la vie.

Son regard se chargea de défi quand je m'approchai

d'elle. Ses cheveux encore mouillés tombaient sur son visage. Pieds nus. Sa chemise collant à la peau, elle n'avait jamais été aussi désirable. Timidement, je levai ma main pour caresser sa joue. Sa peau était douce. Elle eut un mouvement de recul puis elle frémit et ferma les yeux.

Alors, doucement, je la pris dans mes bras. Mes gestes se voulaient tendres, ils furent maladroits. L'émotion qui m'envahissait était si intense, mon désir pour elle si puissant, que j'en aurais pleuré. D'abord tendue, sur la défensive, je la sentis s'abandonner. Nos lèvres se rejoignirent. J'eus l'impression de plonger dans un tourbillon...

... Aujourd'hui encore, je garde le souvenir de ce baiser, le seul que Laura m'ait jamais accordé. Les yeux fermés, je peux sentir sa bouche contre la mienne. Le parfum de ses cheveux. La forme de son corps lové dans mes bras. Ce fut un baiser violent, fiévreux, semblable à celui de deux amants qui enfin se retrouvent. Il ne dura qu'un instant...

Puis Laura s'écarta.

– Désolée, Simon, souffla-t-elle... Non!

Ses yeux disaient le contraire, mais peut-être était-ce seulement une illusion. Laura m'avait offert un instant de tendresse. Une consolation. Ce n'était pour elle qu'un gage d'amitié. Visage baissé, elle alla vers la fenêtre...

La pluie redoublait de force. Quand elle se retourna, j'avais déjà claqué la porte. En une seconde, je fus trempé...

Le lendemain, Michel nous annonça son départ. Venant de lui, une telle décision n'étonna personne. Michel était un être sans attache véritable. Un fort en gueule, doté d'un solide instinct de conservation. Laura tenta bien de le retenir, mais seulement pour la forme. Pour reprendre ses termes, il était venu ici en touriste; la guerre, il connaissait déjà... Celle d'Algérie avait blessé son enfance.

Il partit aussitôt, traînant sa lourde valise derrière lui. Déjà, le ciel commençait à s'éclaircir par endroits. Ce furent des adieux sans effusions. Laura et Paul l'escortèrent jusqu'au portail. Je suivis à distance. Puis une Jeep le prit en charge. Michel avait de la chance. L'estafette faisait la liaison avec le port. Je doutais pour ma part qu'il trouverait un bateau en partance à Haïfa... Quand il disparut, Paul entoura la taille de Laura. Puis il se tourna vers moi.

– Tu ne pars plus?

Son ton était plus inquiet qu'ironique. Je répondis par un haussement d'épaules. Partir maintenant était au-delà de mes forces. En restant, j'avais l'impression d'accomplir une victoire sur moi-même. De toute façon, j'étais sûr que Michel ne tarderait pas à revenir. Quoi qu'il advînt, je préférerais encore être menacé par la guerre que supporter sa mauvaise humeur tout au long du chemin...

– On déserte une armée, répliquai-je. On n'abandonne pas des amis!

Laura m'observa longuement, indécise, ignorant s'il fallait mettre ma soudaine volonté sur le compte d'une nouvelle forme de provocation. Paul, quant à lui, n'allait pas tarder à rejoindre Shoshana. Dans son amour naissant pour elle, il puisait son courage et sa force. En bougonnant, il me tapota l'épaule. Par ce geste, je sus qu'il exprimait son pardon. Notre amitié renaissait de ses cendres. Il n'avait jamais été très rancunier...

Chacun retourna à sa tâche. Faisant partie de la même équipe, Paul et Shoshana continuèrent à remplir des sacs de sable, Laura s'occupant de son côté de l'approvisionnement des abris. Quant à moi, j'avais quartier libre.

Près du portail d'entrée, les Jeeps et les camions se livraient à une ronde incessante. L'armée apportait de nouveaux canons, du matériel retapé, visiblement démodé, qu'un groupe de soldats, encore plus jeunes que Paul et moi, s'empressèrent de remonter puis de mettre en batterie. Je restai quelques minutes à les observer. Puis, traînant des pieds, les mains dans les poches, je retournai au bungalow. Sur le Golan, tout était calme. Malgré l'orage de la veille, le lac paraissait paisible.

Seul le kibboutz ressemblait à un fortin.

En trois jours de travail acharné, les équipes de construction associées aux soldats avaient accompli le plus dur : bâtir de nouveaux abris, s'assurer du black-out total, renforcer les murs des principaux bâtiments, protéger les abords, placer des patrouilles sur les routes... Désormais, l'armée assurait la défense de la communauté, placée sous son contrôle, comme du reste c'était le cas à Ein Guev et dans tous les kibboutz situés au pied du Golan. La défense était assurée, il ne restait plus qu'à attendre. Attendre, en écoutant la radio.

Le 31 mai, la Jordanie et l'Égypte franchirent la dernière étape décisive dans le processus de guerre en signant un accord de « défense » commune lors d'une réunion à Amman. Le seul but de ce traité était évidemment d'associer leurs forces en vue de la destruction de l'État d'Israël. L'Irak y adhéra le 4 juin. Il ne restait plus aucun espoir.

Désormais, les observateurs du monde entier avaient leurs yeux tournés vers Israël et si personne n'était encore capable de définir qui, le premier, lancerait l'offensive, chacun pressentait le Moyen-Orient à l'aube de son conflit le plus sanglant. Face aux Israéliens, un monde entier d'Arabes et de musulmans était prêt à déverser sa haine et sa folie meurtrière. Dans les écoles de Cisjordanie, à Gaza, dans le Sinaï, les enfants palestiniens apprenaient déjà depuis longtemps à compter en juifs morts. Comme au temps du Mufti Hadj Amin, grand admirateur et ami d'Hitler, des tracts que l'on retrouverait plus tard, distribués pour l'heure à l'entrée des mosquées, appelaient chaque musulman à la *djihad*, la guerre sainte contre les juifs; leur sang devait couler.

Le soir, nous nous retrouvions dans l'appartement de Dan Chemtov. Laura venait parfois. La plupart du temps, j'accompagnais Paul et Shoshana. Ensemble, nous passions de longues heures silencieuses, assis autour du poste de radio, jouant parfois aux cartes, le plus souvent sans rien faire, dans l'expectative, simplement attentifs aux bulletins d'information que Dan traduisait. Jour après jour, Khol Israel appelait au calme : les mots d'ordre étaient « vigilance », « confiance » et malgré la nervosité presque palpable des présentateurs, on sentait qu'ils avaient pour mission de nous rassurer. Mais il suffisait de passer sur une station arabe, jordanienne ou égyptienne, pour réaliser, au seul ton de leurs dirigeants, que l'issue était inéluctable. Chaque soir, leurs discours hystériques résonnaient dans la pièce, alternant avec des hymnes guerriers grotesques et pourtant terrifiants.

Une nuit, je me tournai vers Dan :

– Tu comprends ce qu'ils chantent ?

Son visage était blême. Il tenta d'éluder :

– Tu as vraiment besoin d'une traduction ?

– Ça veut dire quoi « Arbah Yudi » ?

Dan Chemtov hésita. Puis il se leva et éteignit le poste avant de soupirer :

– Ça veut dire : « Égorge les juifs. » Celle qui chante, c'est Oum Kalsoum...

Le 5 juin, à cinq heures quarante-cinq du matin, Israël déclencha l'offensive ! Le premier combat serait aérien : un pilonnage systématique de toutes les bases jordaniennes et égyptiennes. Compte tenu du rapport de forces défavorable à l'état hébreu, il fallait frapper fort et vite. Détruire en essuyant le minimum de pertes... Avions de chasse et bombardiers décollèrent dans une coordination parfaite en direction de leurs premiers objectifs qu'ils atteignirent moins d'une heure plus tard, après avoir contourné les barrages de DCA par la mer, volant en rase-mottes et maintenant le silence radio absolu. Le plan était d'une audace folle. Jamais, dans l'histoire des guerres modernes, pareille attaque ne fut aussi bien agencée. On raconte que des villages égyptiens entiers, assistant au passage des avions israéliens, se ruèrent sur les routes pour saluer avec fierté des jets qu'ils croyaient appartenir à leur propre armée. Sur les bases ennemies, la surprise était complète. Avant que les pilotes aient pu atteindre leurs avions, un déluge de feu s'abattit sur les pistes, détruisant les aires d'atterrissage et la plupart des appareils.

Vers onze heures du matin, à la stupéfaction générale, le présentateur de Khol Israel annonça d'une voix émue que la majeure partie de l'aviation égyptienne était déjà anéantie. Ce n'étaient pourtant que les premiers instants de la guerre. Elle allait durer six jours...

Quelques minutes plus tard, les sirènes hurlèrent dans les allées du kibboutz.

15

C'était devenu insupportable. Depuis deux jours, les alertes se succédaient à un rythme infernal, nous obligeant chaque fois à nous ruer vers les abris où pendant trois heures, parfois davantage, nous restions entassés, figés par la peur, sans rien à faire sinon prier, écouter en tremblant le vrombissement des réacteurs, le sifflement des obus, sursauter à chaque explosion, souhaiter les yeux fermés, recroquevillé sur soi-même, que la prochaine ne fût pas pour nous, souffler à la fin de l'alerte, remercier le ciel, remonter et attendre... Parfois, il ne se passait rien. D'autres fois, le tir était si intensif que nous étions surpris, en ressortant de l'abri, de trouver encore des bâtiments intacts, les occupants des autres bunkers en vie, et l'armée israélienne toujours en alerte...

Dès que nous nous retrouvions à l'air libre, irrémédiablement, nos pensées allaient vers Sacha...

Pendant plus d'une semaine, nous étions restés sans nouvelles. Puis le 6 juin, le lendemain de l'explosion du conflit, Laura reçut une première lettre. Aussitôt elle s'enferma dans son bungalow, trop pudique pour laisser voir son émotion. Lorsqu'elle en ressortit, ses yeux étincelaient. Paul lui demanda s'il pouvait la lire à son tour. Sans un mot, Laura lui tendit l'enveloppe.

Sacha se trouvait quelque part dans le désert. Peut-être à la frontière du Neguev, ou vers la Jordanie. Son message se résumait à quelques lignes tremblantes :

« *Laura, j'ai décidé de t'écrire tous les jours. Je n'ai pas le droit de te dire où nous sommes. Secret militaire. Ce qui n'est pas un secret, c'est que j'ai mal aux pieds. Il fait chaud. Mon barda pèse une tonne. C'est la guerre. Jamais je n'aurais imaginé qu'un jour je ferais la guerre. Mais est-ce que j'ai le choix ? Hier soir, avant de m'endormir, j'ai relu* Les Fleurs du Mal. *Ça m'a rappelé Paris, le café de la rue Richet. Tu te rappelles ? Je me demande ce que je fous là...*

Je t'aime. »

– Il t'aime ! commenta Paul en souriant.

– Je sais. Mais c'est la première fois qu'il l'écrit...

Au prix de lourdes pertes, l'unité de Sacha allait se distinguer parmi les plus méritantes. On le croyait à la frontière jordanienne ; en fait, il avançait dans le Sinaï, sous les ordres du général Yoffe.

Le sud du Sinaï est un territoire de montagnes traîtresses aux escarpements en dents de scie entourées de dunes de sable. Pratiquement aucune route ne le traverse. A la veille de la guerre de Six Jours, plus des deux tiers de l'armée égyptienne y étaient cantonnés. Face à ces concentrations de troupes, Israël ne disposait que de trois divisions. La bataille de l'air était déjà gagnée, mais il restait les chars, les positions à prendre sur le terrain. Malgré l'appui logistique d'une aviation omniprésente, ce fut là, dans le désert, que Tsahal mena ses combats les plus rudes. En une seule journée, Israël perdit des centaines d'hommes, infligeant en contrepartie des pertes dix fois plus lourdes à l'ennemi.

A l'aube du 6 juin, l'armée égyptienne était mise en déroute. Inexorablement, Israël poursuivit sa percée. Le plan de l'état-major prévoyait de s'arrêter à Sharm el Sheikh, une fois le Sinaï entièrement balayé. A la fin du deuxième jour de cette guerre éclair, l'Égypte avait perdu soixante-dix chars, plus de cent canons, quatre cents blindés et pleurait déjà près de mille morts.

Depuis le front, Sacha écrivit une seconde lettre. Cette fois, Laura nous la lut à haute voix :

« *Aujourd'hui, la guerre ressemble à ce que j'imaginais. Ils nous ont tiré dessus pendant des heures. Il n'y a pas un instant où je ne pense à toi. Pas un instant...*

On nous trimbale de tous les côtés. Parfois, c'est à peine si nous savons où nous sommes. Deux d'entre nous sont morts tout à l'heure. La règle, dans notre armée, c'est de ne jamais abandonner les morts ni les blessés. Nous avons pris des risques énormes pour récupérer les corps sous le feu de l'ennemi.

Si tu n'étais pas là, avec moi, si proche de moi, j'aurais peut-être peur. Je me demande souvent, dans cette pagaille, combien de types sont, comme moi, protégés par leur amour.

Il faut une chaleur incroyable. J'ai vu des paysages magnifiques. Je t'y emmenèrerai un jour.

Sacha. »

Le ciel n'avait jamais été aussi clair, ni le Golan aussi visible. Limpide et lumineux, le lac semblait nous narguer. Il avait connu tant de guerres. Lui seul était à l'abri de la destruction. Sur la rive opposée, par endroits, s'élevaient des nuages de fumée; on disait Tibériade en feu, mais ce n'était qu'une rumeur.

– Laura, tu crois que ça va durer encore combien de temps ?

– Je ne sais pas... Je ne sais vraiment pas.

– Tu penses qu'on a une chance de gagner?

– Nous sommes sur une terre sacrée, intervint Paul. Il faut croire aux miracles...

Quelques minutes plus tard, le mugissement lugubre des sirènes annonçait un nouveau raid. Cette fois, les tirs syriens durèrent pendant des heures. Le plus gros de Tsahal était loin, occupé à renforcer ses positions. Enfermés dans l'abri, nous avions l'impression que cette guerre ne s'arrêterait jamais. Les enfants gémissaient. Des femmes, sans nouvelles de leurs maris, pleuraient en silence sans se cacher. Dans un coin, le rabbin du kibboutz priait, entouré de quelques fidèles. Seuls les plus âgés se montraient sereins. Certains avaient survécu à Auschwitz ou Treblinka. La peur, ils y étaient habitués. Pour eux, une riposte juive constituait déjà en elle-même un miracle.

Quand l'alerte cessa, que l'on nous autorisa enfin à remonter à la surface, ce fut pour découvrir un paysage affligeant : deux obus syriens avaient atteint leurs cibles, détruisant le réfectoire et l'un des postes de garde du kibboutz. Trois soldats étaient morts. Une batterie de DCA détruite...

Je crois qu'à cet instant mes nerfs ont craqué. J'ignore encore pourquoi je me laissai effleurer par une idée aussi stupide. La nuit tombait. J'étais resté enfermé plus de six heures. J'avais besoin de liberté. Tandis que Laura prêtait main-forte aux infirmiers, que Paul et Shoshana se portaient volontaires pour fouiller les décombres, je voulus vérifier si les écuries étaient restées intactes. Les chevaux, eux, n'avaient aucun abri où se réfugier. Pas plus que les vaches. Par bonheur, le bombardement les avait épargnés. Quand je parvins à l'enclos, ils hennissaient de frayeur.

Devant moi, plus calme que les autres, un alezan m'observait, oreilles baissées, guettant ma main pour qu'elle le détache. Pris d'une inspiration, je le libérai de son collet. L'animal souffla dans ses naseaux. Nous nous étions compris.

En silence, le cœur battant, je le guidai vers l'extérieur. Les gardes étaient occupés à protéger l'entrée, ils nous tournaient le dos; personne ne nous vit sortir. Parvenu aux limites du kibboutz, j'enfourchai le cheval à cru. Aussitôt, il se mit à galoper.

Un grand vent de liberté soufflait dans la nuit.

Grisé de vitesse, courbé sur l'encolure, je galopais depuis des heures. Mon cheval était couvert de sueur. J'ignorais combien de kilomètres nous avions déjà parcourus. J'avais perdu toute notion du temps.

Devant moi, faiblement éclairé par les étoiles, s'étendait un paysage, à la fois familier et presque irréel, de collines aux contours incertains. Dans le silence absolu, les sabots du cheval battant la rocaille déclenchaient en écho un bruit de cavalcade, comme si une armée entière livrait un assaut. La guerre était si loin. J'avais l'impression d'évoluer dans un rêve.

Soudain, un fracas m'assourdit. J'eus le temps d'apercevoir deux lueurs dans le ciel, des avions volant à très basse altitude. Effrayé, mon cheval se cabra. Les rênes glissèrent de mes mains. Je basculai en arrière. Dans la chute, ma tête heurta une pierre. Pendant quelques secondes, je perdis connaissance...

Quand je revins à moi, le cheval s'était éloigné de quelques mètres. Sa silhouette se découpait entre deux arêtes rocheuses. Il broutait paisiblement.

Encore un peu groggy, je me redressai avec précaution, constatant, soulagé, que j'avais gardé l'usage de mes membres. Une douleur cuisante irradiait la base de mon crâne. En grimaçant, je palpai les contours d'une bosse grosse comme un œuf de pigeon.

C'est alors qu'un objet attira mon attention sur le

sol. Plat, de forme cylindrique, cela ressemblait à une plaque de métal; elle était enfouie dans le sable à quelques centimètres de ma main. Je me figeai, incrédule. Puis mon cœur se serra. J'avais sous les yeux une mine antichar. Le champ devait en être truffé. Seule une chance inouïe m'avait permis de tomber à côté.

Tout à coup, la colline tout entière parut s'embraser. L'explosion m'étourdit par sa violence. Une pluie de gravats s'abattit autour de moi. Un temps interminable, je restai recroquevillé sur moi-même, paralysé de terreur, osant à peine respirer. Lorsque je redressai la tête, mon cheval gisait sur le flanc au milieu d'un cratère, entouré d'un nuage de fumée. La masse grisâtre de ses entrailles s'écoulait de son ventre déchiqueté. Il fut secoué d'un tremblement, puis s'immobilisa dans un dernier spasme, les naseaux encore frémissants.

Sous le choc, je laissai ma tête retomber en arrière, fermai les yeux, repliai les genoux.

Les premières lueurs de l'aube me trouvèrent dans la même position; elles baignaient d'un halo sanguinolent le cadavre de l'animal et le champ de mines alentour.

Je m'étais sans doute endormi. Un bêlement m'arracha à cette torpeur où je m'enfonçais depuis des heures, oscillant entre réalité et cauchemar, terrifié à l'idée d'un faux mouvement qui m'entraînerait sur la mine. Lorsque j'ouvris les yeux, un fer rouge s'était comme incrusté dans mon crâne, labourant mon cerveau, vidant mon esprit. Les membres enkylosés par trop d'immobilité, je tentai de clarifier ma vision, plissant les paupières dans un effort désespéré pour échapper à l'aveuglement du soleil. Mes lèvres étaient sèches, le visage me brûlait. J'avais l'impression de mâcher du carton. Enfin, je parvins à distinguer quelques formes. Ce que je crus voir m'arracha alors un gémissement.

Près d'un bosquet d'oliviers, une jeune Arabe me fixait, entourée de ses chèvres, silencieuse comme dans un rêve. Elle avait de longs cheveux noirs, soyeux, un visage très pâle, percé de grands yeux sombres. Une légère brise agitait les branches d'arbres autour d'elle. Immobile, elle n'osait pas s'approcher.

Le cœur battant la chamade, j'essayai de l'appeler. Je voulais la prévenir. Lui dire de ne pas avancer, de retourner sur ses pas, d'aller chercher du secours. N'avait-elle pas compris ? Mon cheval venait de sauter sur une mine. Ma propre vie n'était qu'en sursis. Un mètre de plus la mènerait elle aussi dans le piège... Mais aucun son ne sortit de ma gorge. Les bêlements du troupeau me parvenaient dans une sorte de brume.

C'est alors que je reconnus son visage. Son regard avait la même expression. Sa peau était si blanche... La tristesse m'envahit, mêlée d'une joie intense. Elle était venue me chercher. Ce ne pouvait être qu'elle.

Je parvins à murmurer :

– Myriam !

La jeune fille disparut aussitôt. Je replongeai dans une torpeur parcourue d'images floues, d'explosions, de hennissements affolés. Myriam était debout sur le bord d'une fenêtre. L'instant d'après, nous nous promenions, main dans la main, sur les rives du lac de Tibériade, encerclés par des tanks tandis que des dizaines d'avions traçaient des sillages de fumée dans un ciel couleur de sang. Myriam riait. Nous ne craignions rien. Comme dans la lettre de Sacha, notre amour nous protégeait. Soudain, Sacha apparaissait à bord d'une Jeep, dans un uniforme d'apparat. Il sautait à terre, courait vers nous, arrachait Myriam à mes bras, la tirait par la main. Myriam, m'appelait, affolée...

– Simon... Simon!...

Comme je me débattais, tentant désespérément de la retenir, sa voix changea, prit l'intonation de Laura.

– Simon!

De nouveau, j'ouvris les yeux. Ce n'était plus un rêve. Laura m'appelait vraiment.

Un command car israélien gravissait lentement le chemin en contrebas avec, à son bord, deux soldats. Laura était juchée à l'avant. Elle sauta, sans même attendre l'arrêt du véhicule.

– Simon!... Ne t'inquiète pas, on va te sortir de là.

Le command car stoppa. Les deux soldats en descendirent, armés de détecteurs d'explosifs. Évoluant avec précaution, ils s'approchèrent de moi, leurs appareils rasant le sol, émettant par instants de petits bips. Deux mains me saisirent sous les aisselles. Ils me portèrent jusqu'à la Jeep. Peu après, Laura se penchait sur moi.

– Tu peux dire que tu as de la chance. Sans cette petite bergère qui a prévenu Wallid, je ne sais pas comment on aurait fait pour te retrouver...

Ils me conduisirent à l'hôpital. Le médecin diagnostiqua une forte insolation et un début de déshydratation.

J'apprendrais par la suite que Wallid avait risqué sa liberté pour me sauver. Depuis le début de la guerre, le kibboutz était interdit aux Arabes. Averti de mon accident par une bergère du village, il s'y était rendu malgré tout, bravant la colère des gardes sur le qui-vive. Seule l'intervention de Laura l'avait empêché de se faire arrêter.

16

Le 7 juin, le drapeau israélien flottait déjà sur la mer Rouge. Après quarante-huit heures de combats incessants, Tsahal avait atteint son premier objectif : une victoire écrasante sur l'armée égyptienne dont les hommes, dispersés par milliers dans le désert, préféraient désormais se constituer prisonniers. Le détroit de Tiran, de nouveau ouvert, était accessible aux bateaux de toutes nationalités.

Dans l'après-midi, Laura me rendit visite à l'hôpital de Tibériade. Des familles entières se pressaient au chevet des soldats blessés, isolés par de minces cloisons qui, toute la nuit, avaient laissé filtrer les sanglots et les cris, exaspérant un cauchemar dont mes nerfs affrontaient encore l'épreuve. Depuis mon arrivée dans la salle commune ce n'étaient que plaintes, va-et-vient d'infirmières, cavalcades de chirurgiens débordés par les urgences, auxquels succédaient l'arrivage de nouveaux brancards. L'état de certains blessés était si grave qu'ils mouraient avant d'avoir atteint la salle d'opérations.

Laura m'apportait les vœux de Dan et de Paul. Elle commença par s'inquiéter du pronostic des médecins. Je répondis qu'ils avaient hâte de récupérer mon lit et qu'en principe je sortirais dans deux jours. Le visage sévère, elle fit observer qu'à sa connaissance, j'étais la seule victime d'une simple insolation. Puis ses traits se détendirent. Son regard pétillait plus qu'à l'ordinaire. Je demandai :

– Tu as des nouvelles de Sacha ?

Laura acquiesça en souriant. Il lui avait téléphoné pendant la nuit. Avant d'être coupés, ils avaient réussi à se parler trente secondes.

– Je ne sais toujours pas où il est, mais il va bien... Il pense que la guerre est presque finie. Je suis sûre qu'il dit ça pour me rassurer, mais, enfin... c'était bon de l'entendre.

Elle me prit la main. Je savais qu'en venant ici, dans le seul but de me réconforter, elle avait dû outrepasser quelques consignes et risquait au retour de se faire passer un savon. D'une certaine manière, je lui devais déjà la vie, et là, le seul sourire de ma journée. Mais elle n'avait que peu de temps à me consacrer. Déjà, elle se penchait pour m'embrasser.

– Laura...

Son visage s'arrêta près du mien.

– ... tu sais, poursuivis-je, je n'ai jamais été très fort pour m'excuser.

– Alors ne t'excuse pas !

Elle ajouta, d'une voix plus douce :

– Tu vois, la guerre a au moins quelque chose de bon : on n'a plus le temps de s'engueuler entre amis.

Elle posa un baiser sur ma joue. Sa bouche était fraîche. J'aurais voulu la garder contre moi. Dans un murmure, elle me dit au revoir, puis, comme elle s'éloignait, elle se retourna vivement.

– J'ai oublié de te dire, Michel est revenu !

– Michel ? J'en étais sûr !

– Il n'a pas pu partir. L'armée l'a gardé pendant trois jours dans un hangar, à Haïfa. Le pauvre, il paraît qu'il n'avait rien à manger. Ils l'ont nourri de graines de tournesol !...

– Au moins, il a eu le temps de perdre quelques kilos !

Laura hésitait encore. A l'entrée de la salle commune, il y eut un grand remue-ménage. D'autres blessés arrivaient. Plusieurs voix explosèrent en hébreu. On ne savait déjà plus où trouver de lits.

– Tu sais, reprit Laura, aujourd'hui n'est pas une journée tout à fait comme les autres. C'est pour ça que j'ai tenu à te rendre visite. Peut-être qu'un jour tu comprendras... En ce moment même, l'armée israélienne est en train de reprendre Jérusalem !

Cette lettre parviendrait à Laura, mais plus tard. Deux jours après qu'elle eut appris l'atroce nouvelle. Sacha lui écrivait depuis les portes mêmes de la ville d'or. Devant ses yeux, s'étendait le symbole deux fois millénaire de tout le peuple juif. Une forteresse apparemment imprenable, et vers laquelle convergeaient toutes les prières : Jérusalem. L'assaut était prévu pour l'heure suivante.

« *7 juin 1967. Jérusalem. 7 h 5.*

Il fait beau ce matin. Le ciel est pur. C'est un de ces matins où les hommes sortent de leur sommeil en se demandant si, par une journée pareille, la guerre est possible. Nous avons tous la gorge serrée... Ce matin, plus que jamais, on voudrait que ce soit déjà la nuit. Laura, si tout va bien, dans quelques heures on sera devant le mur des Lamentations. Depuis presque deux mille ans, on nous a empêchés de le voir. Les consignes sont très strictes : dès que nous atteindrons l'enceinte sacrée, il faudra abandonner nos armes à feu. Des fois qu'une balle se perdrait... Et tout à l'heure, on posera le front sur les pierres du temple de Salomon. Tu ne peux pas imaginer l'émotion qu'il y a ici.

Les soldats que l'on fait prisonniers ont le même âge

que nous. Les soldats que l'on soigne ont le même regard que nous. J'ai trouvé ce matin une lettre qu'une femme égyptienne avait envoyée à son mari. Il s'appelait Ibrahim. Elle ne sait pas encore qu'il est mort. Combien de lettres bouleversantes comme celle-là resteront à jamais sans réponse ? Pourtant, tout ici, les lumières, les parfums ou les levers du soleil, ne parle que de la vie. Aujourd'hui, grâce à cette lettre, j'ai compris qu'il suffit de presque rien, d'un café encore chaud sur un réchaud à gaz, d'un branchement de téléphone. Aujourd'hui, je suis heureux, Laura. J'ai entendu ta voix et je me sens fort comme je ne l'ai jamais été. La vie est simple, est belle.

Laura, mon amour, j'aurais voulu t'écrire plus longuement. J'ai tant de choses à te dire. Mais tout se bouscule. Entre le Mur et nous, il y a un kilomètre et deux mille ans d'histoire. Ça te fera sans doute sourire venant de moi, mais je dois te le dire et je suis sûr que tu comprendras. Je suis heureux que les juifs aient inventé ce Dieu unique. Depuis mon réveil, une phrase m'obsède. C'est un psaume où il est dit : " Nous allions à la maison de l'Éternel. Nous nous tenions à tes portes, Jérusalem. Jérusalem bâtie telle une ville unie. "

Comment trouver les mots, Laura, pour témoigner du sentiment qui m'envahit ? Je ne savais pas que je portais cela en moi. Je me sens si proche de toi. J'ai pour toi tant d'amour et je n'aime pas la guerre... Ce soir, j'arriverai à t'écrire. Maintenant, je dois partir. Tu sais ce dont j'ai le plus envie ? C'est de t'entendre rire...

Sacha »

17

Dans la soirée du 7 juin, après seulement deux jours de guerre, la Jordanie, vaincue, acceptait un cessez-le-feu. Des escarmouches se poursuivaient aux frontières mais dans l'ensemble, d'après la radio de la salle commune, le calme était revenu au sud-est. Israël tenait la situation en main.

La journée avait été marquée par un événement capital : la prise de la vieille Jérusalem. Après deux mille ans d'errance, les juifs avaient enfin accompli la prophétie, répétée chaque fin de Pâques sous forme de prière : « L'année prochaine à Jérusalem. » Pendant des siècles, cet espoir les avait soudés dans un même devenir, faisant d'eux un corps humain à part, et, victimes choisies, leur avait permis d'affronter les pires moments de l'Histoire. Or, depuis quelques heures, les juifs posaient à nouveau leur front sur les pierres sacrées. Israël avait retrouvé ses racines. Plus rien ne serait jamais pareil.

Le 8 juin, ce fut le tour de l'Égypte. Privée de couverture aérienne, la glorieuse armée du Raïs avait été obligée de reculer jusqu'à la rive opposée du Nil, avant d'être repoussée presque au Caire. Le bilan se soldait par la capture d'une centaine de chars, trois cents véhicules blindés, des milliers d'armes, autant de prisonniers. Du côté israélien, on pleurait déjà la mort de trois cents soldats, mais une trentaine seulement avaient été capturés, pour la plupart des officiers... Nasser annoncerait sa démission le lendemain, avant de reprendre aussitôt le pouvoir. Seule la Syrie, peu touchée par la guerre, poursuivait les hostilités sur les flancs du Golan.

Les bombardements continuaient quand je regagnai le kibboutz.

A Yardena, plus qu'ailleurs, la guerre avait fait ses ravages. La Jeep de l'hôpital me déposa à l'entrée. Deux gardes moroses, à bout de nerfs, m'autorisèrent à passer. Le spectacle de désolation qui m'attendait à l'intérieur est à peine descriptible. Au cœur même du kibboutz, la plupart des bâtiments étaient réduits à l'état de ruines. Des décombres fumants jaillissaient ça et là le tronc calciné d'un palmier, une structure métallique ou un pan de mur sur le point de s'effondrer.

En m'approchant de l'abri, je sentis un poing m'enserrer le cœur. Par la lucarne au ras du sol s'échappait une mélodie douce et poignante. Une chanson inconnue dont j'avais du mal à saisir les paroles. Je m'arrêtai pour écouter. Un soldat surgit de l'ombre, faisant signe de me dépêcher. D'un geste sec, il ouvrit la porte de l'abri puis me poussa à l'intérieur... Aussitôt, je compris qu'un drame avait frappé la communauté.

Presque la moitié du kibboutz était entassée dans le bunker. A la lueur des bougies, les visages étaient graves, empreints de tristesse. Une femme passait de l'un à l'autre, servant à chacun un verre d'alcool ou, peut-être, de thé froid. Certains s'étaient regroupés autour d'un guitariste et chantaient à mi-voix : « *Yeroushalaïm Chel Zahav* »... Jérusalem, la ville d'or, dont ils célébraient la reconquête, sans oublier le sang versé.

C'est alors que je vis Laura. Recroquevillée près des chanteurs, elle avait le visage baigné de larmes. Le cœur serré, n'osant comprendre, je fis un pas vers elle.

Paul et Michel se tenaient près de l'entrée. Ils se levèrent à ma rencontre, Michel pleurait. Du regard, j'interrogeai Paul.

Puis mes lèvres formèrent un nom, sans le prononcer :

– Sacha ?

Paul acquiesça. Tout à coup, Laura m'aperçut et se rua vers moi. Elle se jeta dans mes bras. Pendant de longues minutes, on resta ainsi, serrés les uns contre les autres, traversés par une même douleur et mêlant nos sanglots. Les autres continuaient de chanter. La même mélodie sortait de toutes les gorges : « *Yeroushalaïm Chel Zahav.* »

Sacha était mort devant le mur des Lamentations.

Les deux jours suivants, les tirs d'obus ne firent que s'intensifier. Chaque explosion faisait trembler les murs du bunker. Terrorisés, les enfants n'arrêtaient pas de pleurer. Dans un coin de l'abri, des hommes priaient, enveloppés dans leur châle de prière. Certains disaient que c'était la fin. Israël devait avoir perdu la guerre, sinon pourquoi les Syriens n'arrêtaient-ils pas de tirer ?

Nous dormions tous les quatre ensemble, partageant deux lits de camp pour laisser plus de place aux mères. Nous tentions de dormir. En quarante-huit heures, je n'avais pas réussi à fermer l'œil. Michel, quant à lui, passait son temps à pleurer. Quand l'un de nous essayait de le réconforter, il ne savait que répéter : « Je vous avais prévenu... J'avais dit que je serais lamentable... »

Le plus étrange, pourtant, est cette faculté dont dispose l'homme de s'accoutumer aux situations les plus insolites comme aux plus dangereuses. Si les bombardements rendaient le sommeil impossible, ils n'empêchaient pas de discuter, parfois de plaisanter et même de rire et, pour certains, de jouer aux échecs. En deux jours et deux nuits je vis disputer plus de parties que durant ma vie entière. Paul et Shoshana s'étaient découvert cette passion commune. Le nez sur l'échiquier, tout à leur stratégie, ils entendaient à peine les explosions.

Malgré la riposte israélienne, le pilonnage devenait de plus en plus précis. Le 10 juin, vers midi, il y eut comme un tremblement de terre. Un mur d'étagères s'effondra dans un nuage de poussière. L'obus était tombé à quelques mètres de l'abri. Aussitôt, la plupart des hommes se portèrent volontaires pour calfeutrer les fissures.

Nous arrivions au bout des vivres. Personne ne savait combien de temps la guerre durerait encore.

A la tombée de la nuit, Laura sortit enfin de son silence. Elle, d'habitude si active, s'était laissée glisser dans une sorte de torpeur, murée dans une douleur si profonde que rien ne semblait pouvoir l'atteindre. La mort de Sacha était gravée dans son cœur, aussi inacceptable qu'avait été pour moi la disparition de Myriam. Mais je savais qu'un jour survient où la souffrance s'estompe : s'il est difficile d'oublier, on finit toujours par admettre. La guérison serait longue. Déjà, Laura réapprenait à lutter.

Étendue sur le lit de camp, sa tête reposant sur mes genoux, Laura commença par évoquer des souvenirs : Paris, sa rencontre avec Sacha, l'époque des « Déserteurs »... Égrenant des images pleines de nostalgie, elle reprenait vie peu à peu.

– Il y a une chose dont je ne vous ai jamais parlé,

murmura-t-elle. Sacha voulait partir en Israël, c'est vrai... Mais pas tout de suite. C'est moi qui ai précipité les événements. Quand je suis arrivée dans le groupe, vous étiez tellement unis... J'ai eu l'impression que je ne pourrais jamais lutter... Que je ne l'aurais jamais pour moi seule...

Elle redressa la tête pour me fixer :

– Je vous l'ai enlevé. Je n'avais que ce moyen...

Je répondis avec douceur :

– Ça ne change rien, Laura...

Son regard chavira. Elle poursuivit à voix basse, tournée vers le passé...

– Je vous revois à la gare, désemparés... Pour moi, cela ne représentait qu'une chose; j'avais gagné. Sacha était à moi ! Tu sais ce qu'il m'a dit dans le train au moment de partir ? « Je ne sais pas si on va rester »...

Mais Sacha était allé jusqu'au bout de son idéal. Israël avait fini par prendre, dans son cœur, la même place que Laura.

Soudain quelque chose me parut anormal. L'abri était trop calme. On aurait dit que tout le monde s'était endormi. Je détournai la tête. Paul jouait aux échecs avec Dan. Un peu plus loin, le même groupe d'hommes priait. Michel était assis sur les marches. Une femme tentait d'endormir son enfant dont les cris, peu à peu, se calmaient. Je demandai à Laura :

– Tu entends ?

– Quoi ? demanda-t-elle, intriguée.

Je me redressai.

– Rien... Rien justement. Ça fait une heure qu'ils n'ont pas pilonné !

D'autres avaient pris conscience de ce silence. Plusieurs regards convergeaient déjà vers les marches. Shoshana s'enhardit. Des sacs de sable isolaient une meurtrière, seule brèche sur le monde extérieur. Elle grimpa sur une caisse et libéra l'ouverture. Sur le Golan, s'élevait une lueur, comme un lointain incendie. Visible depuis des kilomètres dans l'obscurité, une immense lettre de feu... Puis d'autres s'allumèrent, jusqu'à former un mot hébreu.

Shoshana murmura, incrédule :

– *Shalom* ?

Le visage revenu vers nous, ses yeux s'embuèrent. Elle répéta :

– *Shalom* ?... *Shalom* !

Sa voix se brisa sur ce cri de joie.

En hébreu, *shalom*, c'est la paix.

18

Décembre 1989.

Enfin, je suis arrivé au kibboutz. Le chemin n'était donc pas si long.

A l'entrée, s'élève le même mirador. Les allées sont paisibles. En vingt-trois ans, il est vrai que la vie a eu le temps de reprendre mais, chose curieuse, les constructions ressemblent à celles d'avant. Près du lac, la maison de Laura et de Sacha, intacte, aurait besoin d'un simple coup de peinture.

Je m'enquiers d'abord de la présence de Dan. Une vieille femme, dont je crois reconnaître le visage sans pouvoir mettre un nom sur ses traits, m'apprend la triste nouvelle. Il est mort l'année dernière. Le brave Dan Chemtov a été emporté par une attaque en se promenant avec son mulet. La vieille femme m'indique le cimetière. J'en connais déjà l'emplacement.

Les souvenirs me harcèlent. Je revois Dan, le jour de notre départ, une semaine après la fin de la guerre. Il avance sur ce même chemin qui conduit au cimetière, tenant les rênes de sa charrette pleine de débris calcinés. Michel est assis à côté de lui, presque en extase.

– Tu te rends compte ! s'exclame-t-il. En six jours...

Mais Dan a le regard sombre.

– Six jours, oui, mais on a gagné pour combien de temps ?

– Vous avez desserré l'étau, lance Michel enthousiaste. Vous pouvez respirer... Du Jourdain au canal de Suez !

La charrette de Dan passe devant mes yeux. Je l'entends encore répondre :

– Il ne faut pas rester. Il faut les rendre, ces territoires ! Tout de suite. Je ne suis pas le seul à dire ça. Tu as entendu Ben Gourion ? Il pense comme moi... C'est maintenant qu'il faut les rendre, sinon, un jour ou l'autre, ça va recommencer, et Sacha sera mort pour rien.

Le matin, Laura nous avait fait ses adieux. Après la disparition de Sacha, plus rien ne l'attachait au kibboutz, ni même à Israël. Steve, le photographe, lui avait proposé de l'emmener avec lui. Elle s'était alors forgé un autre idéal, une nouvelle raison de lutter. Il lui restait le monde entier à découvrir ; un monde qui peut-être, un jour, ne connaîtrait plus de guerres...

Seul Paul avait décidé de rester. On s'en doutait déjà. Sa résolution ne surprit que Michel. Celui-ci tenta en vain de le convaincre qu'il « ne pouvait pas épouser Shoshana »...

– Tu ne te rends pas compte ? Shoshana est juive. Elle est belle, mais elle est juive... Donc, ton fils, il faudra qu'il passe chez le rabbin !

La pensée de Paul était moins compliquée. Il aimait les gens du kibboutz, la vie en communauté. Grâce à Shoshana, il venait de donner un nouveau sens à sa vie. Et, pour reprendre ses termes, il préférait « avoir des remords que des regrets ». Lui, le « goy », est le seul à avoir eu ce courage. Il est resté en Israël. Par amour pour une femme. Comme Sacha avant lui...

A la vieille femme, j'ai demandé si elle savait ce qu'il était devenu.

– Paul Lucas ? Vous voulez dire le docteur Lucas ? Le mari de Shoshana ? Ils vivent toujours ici, bien sûr... Mais, dites-moi, je vous connais, vous ! Je vous ai déjà vu...

– Peut-être. Il y a longtemps. Très longtemps...

Le plus important restait à faire. Franchir le petit muret blanc qui entoure le cimetière, juste en bordure du lac, retrouver la tombe de Sacha que j'imaginais envahie par les herbes... Je la revois, entretenue comme au premier jour.

Sacha avait eu droit aux honneurs militaires. Un drapeau israélien entourait son cercueil. Aujourd'hui, il ne reste plus qu'une étoile à six branches gravée dans la pierre...

Je me recueille un instant. Tout est calme. Un vent léger agite les feuilles des grands eucalyptus qui projettent des ombres sur les tombes discrètes. Au loin, j'aperçois une silhouette qui s'approche... Sa démarche m'est familière. La vieille dame l'a sans doute prévenu. C'est comme si le temps venait de former une boucle.

Les doigts tremblants, je sors la lettre de Myriam. J'ai attendu ce moment si longtemps. Pendant toutes ces années, une seule question a continué de me harceler. Qui était responsable de sa mort ? était-ce Sacha, ou bien moi ? ou personne, une succession de faits, de malentendus ?

C'est stupide, mais j'espère encore. Je ne veux croire ni à une trahison ni à cet amour perdu. Je prie pour que Sacha ait menti. Il ne voulait pas d'elle. Mais l'aimait-elle vraiment ?

J'ouvre la lettre. Tourné vers la tombe de Sacha, je la lis. Elle lui est destinée, mais qu'importe. A cet instant, Sacha et moi sommes en communion. Je suis le seul vivant entre deux morts. Il lit à travers moi.

« *Sacha,*

C'est la dernière lettre que je t'écris.

Ne m'en veux pas, je pars... Je sais que vous allez chercher un responsable à ma disparition. Mais crois-moi, je meurs sans qu'il y ait de coupable, et surtout pas toi...

C'est très bête et très simple : si je meurs, c'est que je ne veux pas grandir... Sacha, tu n'as pas su choisir entre Laura et moi. Tu m'aimais en cachette. Je l'avais accepté. C'était notre secret. Aujourd'hui, j'ai compris que Laura savait tout... Pourquoi n'a-t-elle rien dit ? Pour mieux te garder. Tu vois, déjà vous savez mentir. Moi, je ne veux pas apprendre... Je vous aime et c'est pour ça que je pars... " Quand on aime, il faut partir... " *Je n'ai pas trouvé d'autre moyen pour vous rester fidèle que de m'effacer !...*

En me disant que je serai peut-être, une fois disparue, le lien qui vous empêchera de vous quitter et de vous trahir, quand vous aurez trop, beaucoup trop grandi... »

Myriam »

Mes mains ont cessé de trembler. Je comprends alors que, pendant vingt-trois ans, j'ai été, moi aussi, la victime d'un mensonge. Laura savait. Sacha aimait Myriam. Personne n'avait rien dit.

Une main se pose sur mon épaule. Je me retourne.

– J'étais sûr que c'était toi, me sourit Paul. Dis donc, tu en as mis du temps !

Table

Cet ouvrage a été réalisé par la
SOCIÉTÉ NOUVELLE FIRMIN-DIDOT
Mesnil-sur-l'Estrée
pour le compte des Éditions Fayard
en mars 1991

Imprimé en France
Dépôt légal : mars 1991
N° d'édition : 2746 – N° d'impression : 17393
ISBN : 2.213.02650.5
35.33.8422.01/4

35.8422.4